Deseo

BÉSAME

NATALIE ANDERSON

UN AMOR DE LUJO

HARLEQUIN™

Editado por Harlequin Ibérica.
Una división de HarperCollins Ibérica, S.A.
Núñez de Balboa, 56
28001 Madrid

© 2009 Natalie Anderson
© 2017 Harlequin Ibérica, una división de HarperCollins Ibérica, S.A.
Un amor de lujo, n.º 2 - 22.2.17
Título original: Pleasured in the Playboy's Penthouse
Publicada originalmente por Mills & Boon®, Ltd., Londres.
Este título fue publicado originalmente en español en 2011

I.S.B.N.: 978-84-687-9099-2
Depósito legal: M-40268-2016
Impresión en CPI (Barcelona)
Fecha impresion para Argentina: 21.8.17
Distribuidor exclusivo para España: LOGISTA
Distribuidores para México: CODIPLYRSA y Despacho Flores
Distribuidores para Argentina: Interior, DGP, S.A. Alvarado 2118.
Cap. Fed./Buenos Aires y Gran Buenos Aires, VACCARO HNOS.

Capítulo Uno

¿Quería un «dios del sexo…» o mejor un «revolcón lento y sensual»? Bella no sabía qué cóctel elegir, y todos tenían unos nombres tan provocativos que dudaba que fuera capaz de pedir uno sin sonrojarse. Sobre todo sola como estaba, en la barra de aquel bar, un viernes por la noche. Seguramente el barman pensaría que estaba tirándole los tejos y al pobre le entraría pánico de solo pensarlo.

Sin embargo, hacía bastante que no se daba más capricho que una botella del vino tinto más barato del supermercado. ¿Acaso no se merecía algo mejor para celebrar su cumpleaños?

Bajó de nuevo la vista a la carta de cócteles, pero de inmediato su mente empezó a divagar. Llevaba todo el día esperando que alguien le dijera «felicidades». Un solo miembro de su familia; cualquiera. No era que hubiese esperado que le organizasen una fiesta con una tarta con sus velas, o siquiera una tarjeta. Todos habían estado muy ocupados con los preparativos de la boda de su hermana Vita, sí, pero al menos uno podía haberse acordado, se dijo. ¿Su padre, tal vez?

Pues no, como siempre, nadie pensaba en ella. Era algo así como la mascota de la familia, como un perro o un gato. Todos sabían que estaba ahí, pero nadie le prestaba demasiada atención. Solo cuando metía la pata y se ponía en ridículo se acordaban de ella.

Había sido una buena idea ofrecerse voluntaria para supervisar la decoración del salón donde iba a celebrarse el banquete. Así había podido evitar a su familia y a los invitados durante todo el día. Por irónico que fuera, se sentía más cómoda con los camareros y el resto del personal del exclusivo complejo turístico.

Cuando habían hecho un descanso para almorzar, había visto, a través de los ventanales del salón, a su familia paseando por la playa. Cualquiera diría que la paradisíaca Waiheke, una de las islas de Nueva Zelanda, había sido tomada por una convención de ejecutivos. Eran como clones, todos tan guapos y trajeados, con su ropa de firma y sus carísimas gafas de sol, haciendo alarde del éxito que habían cosechado en la vida. Eso sí por éxito se entendía tener un trabajo de altos vuelos, ganar mucho dinero, y tener una pareja de su mismo estatus.

Hacía un tiempo, solo por dar gusto a su familia, ella había estado saliendo con un tipo así, la clase de hombre al que sabía que aprobarían. ¡Menudo desastre había sido! Y lo más hiriente era que aún no se creían que hubiese sido de ella la decisión de romper.

Después de dar el visto bueno a los últimos toques de la decoración del salón del banquete, se había ido derecha al bar del complejo turístico para celebrar sola su cumpleaños. Brindaría por aquel nuevo año de su vida, y por el que acababa de terminar, aunque no hubiese mucho que celebrar.

Su familia había hablado de ir todos a cenar, pero al final la idea había quedado en nada, y probablemente solo fueran a tomar unas copas a uno de los locales cerca de la playa. Mejor. No tenía fuerzas para enfrentarse a las inevitables preguntas de sus parientes sobre su carrera y su vida amorosa, ni a las miradas de lástima de sus tías.

Bastante tendría que aguantar el día siguiente, en la boda. «No, hoy es mi cumpleaños y voy a pasar las pocas horas que quedan de él haciendo lo que me apetezca», se dijo.

Mientras esperaba a que la atendieran, evitó mirar a su alrededor y fingió que no se sentía incómoda por estar allí sola. Se imaginaría que era una mujer cosmopolita, la clase de mujer que se veía capaz de conquistar el mundo y jugaba siempre según sus propias reglas. La clase de mujer que hacía lo que quería y vivía a tope. Sería un buen entrenamiento para el día siguiente, cuando tuviese que enfrentarse a Rex y a Celia. Era una de las cosas buenas que tenía el ser actriz, bueno, aspirante a actriz, que podía interpretar un papel para que las cosas le afectasen menos.

Volvió a releer la carta de cócteles, murmurando para sí mientras intentaba decidirse.

–¿Quiero «sexo en la playa» o un «orgasmo colosal»?

–¿Por qué escoger?

Bella giró la cabeza. Había un tipo de pie, a su lado, un tipo guapísimo: alto, moreno, y con los ojos más azules que había visto nunca. Mientras lo miraba anonadada, añadió:

–¿Por qué renunciar a lo uno o a lo otro cuando puedes tener las dos cosas?

¿Sexo en la playa y un orgasmo colosal? Bella sintió que una ola de calor la invadía.

Debía ser la única persona alojada en el complejo turístico que no estaba allí por la boda. O quizá sí, se dijo. Probablemente sería el acompañante de una de sus primas. Sintió una punzada de decepción de solo pensarlo, pero no llevaba un traje de Armani, y si fuera el acompañante de una de sus primas no estaría allí solo. No, aquel tipo llevaba unos vaqueros gastados, unos mocasines náuticos y un polo gris claro de manga larga. Era un alivio ver a alguien vestido de manera informal.

Aquellos ojos azules le sonrieron y recorrieron su figura, haciéndola sentirse incómoda, y como tantas otras veces deseó haber heredado el gen del glamour que tenía toda su familia, porque en ese momento era la antítesis absoluta del glamour. Estaba sudando, tenía varias picaduras de mosquitos, y una quemadura que le atravesaba el escote porque había olvidado aplicarse en esa zona la protección solar. Por no mencionar la blusa amarilleada y la falda de flores comprada en las rebajas que llevaba.

Mientras admiraba su mandíbula, que parecía esculpida con un cincel, Bella se lamentó por no haber pasado por su habitación antes de ir allí para arreglarse un poco.

Con esas pintas era imposible que ningún hombre se fijara en ella. Con disimulo, paseó la mirada por el local y vio que era la única mujer en el bar, y que aparte de ellos solo había un par de clientes más. Probablemente aquel tipo lo único que quería era charlar un rato.

El barman se les acercó, y Bella, decidida a interpretar a la perfecta mujer cosmopolita, se armó de valor y, haciendo un esfuerzo por no sonrojarse, dijo:

—Un cóctel «sexo en la playa» y un «orgasmo colosal», por favor.

No se atrevió a mirar al desconocido, pero por el rabillo del ojo le vio esbozar una sonrisa de aprobación.

–Para mí dos «orgasmos colosales» y un «sexo en la playa» –dijo él.

Bella se concentró en las manos del barman mientras este alineaba cinco vasos frente a ellos y preparaba los cócteles. Cuando los hubo servido, se alejó hacia el otro extremo de la barra para atender a otro cliente que acababa de entrar.

Temblando por dentro, Bella se disponía a tomar el primer vaso en la fila, un cóctel «sexo en la playa», pero el desconocido la detuvo, colocando su mano sobre la de ella. El corazón de Bella palpitó con fuerza, y le llevó un instante recobrar la compostura para atreverse a dirigirle una mirada interrogante, rogando por que pareciera la de una mujer sofisticada.

Los ojos de él brillaron con humor.

–¿Por qué no darte primero el placer de un «orgasmo colosal»? –le dijo, y Bella sintió que las mejillas le ardían–. Luego puedes repetir si te gusta –añadió con una sonrisa sensual.

Quitó su mano de encima de la de ella, y Bella, aturdida, tomó el vaso que había junto al primero.

–¿Y tú? –le preguntó.

No sabía por qué, pero su voz había sonado como un susurro.

–Las damas primero.

Bella se llevó el vaso a los labios, sorprendida de que no le temblara la mano, y se bebió el cóctel de un trago. Esperó a que se le pasase la sensación de quemazón en la garganta, y volvió a dejar el vaso en la barra.

Él alargó su mano hacia un «sexo en la playa», pero se quedó parado, como esperando a que ella tomara el otro. Bella lo tomó, lo miró a los ojos, y se llevó el vaso a los labios. Luego, los dos bebieron a un tiempo.

Él dejó su vaso en la barra con un golpe seco, tomó uno de los dos «orgasmos colosales» que quedaban y le señaló el otro con la cabeza a Bella.

—Ese es para ti —le dijo con una sonrisa juguetona.

Bella no fue capaz de negarse, así que tomó el vaso y, fijando sus ojos en él, se lo bebió. Él hizo lo mismo apenas medio segundo después.

Esa vez a Bella le llevó un poco más recuperarse del fuego que le quemaba la garganta, y se quedó mirando un buen rato los cinco vasos vacíos frente a ellos antes de girar la cabeza hacia el desconocido.

Ya no estaba sonriendo. O al menos sus labios no sonreían. Sus ojos la miraban fijamente, y Bella sintió que se apoderaba de ella una ráfaga de calor que no sabía muy bien si se debía al alcohol, o más bien al fuego de su mirada.

Dios. Inspiró, y él bajó la vista a su boca, pero Bella apretó los labios y se apresuró a girar de nuevo la cabeza hacia la barra. No debería haberlo mirado.

—Gracias —murmuró, observándolo por el rabillo del ojo de nuevo.

Él se encogió de hombros y esbozó una sonrisa.

—Bueno, ¿y esto es una celebración, o estás ahogando tus penas? —le preguntó él.

Bella se volvió hacia él.

—Una celebración.

Él la miró sorprendido, y no era de extrañar. Nadie se iba a un bar a beber solo cuando tenía algo que celebrar.

—Es mi cumpleaños.

—Ah. ¿Cuántos cumples?

¿Acaso no sabía que no era de buena educación preguntarle a una mujer su edad?, se dijo Bella, conteniendo una risita. Pero era tan guapo que decidió perdonárselo. Además, tenía la impresión de que era así de atrevido por naturaleza.

–Taitantos –respondió juguetona.

–¿Perdón? –preguntó él, sonriendo divertido.

–Taitantos –repitió ella.

Estaba comportándose como una adolescente, sí, ¿y qué? Era su cumpleaños y podía hacer lo que quisiera. Y eso incluía flirtear con extraños.

–O no me lo quieres decir, o es que antes de que yo llegara te has tomado alguna copa más y se te traba la lengua –bromeó él, con una sonrisa seductora.

–No, esas tres copas que me he tomado contigo eran las primeras.

–Y las últimas –respondió él antes de llamar al barman–. Un vino blanco suave con gaseosa para ella, y un martini para mí.

–¿Quién quiere vino? –protestó ella cuando el camarero se alejó–. Lo último que me apetece ahora es vino.

Necesitaba algo más fuerte, algo con fuego como lo que acababan de tomar, algo que se llevase aquella sensación de amarga soledad y decepción que la corroía por dentro.

–Venga, sé que necesitas contarlo; ¿por qué estás aquí sola?

–No estoy sola. Mi familia también está aquí. Estamos todos alojados en este complejo turístico; mi hermana se casa mañana.

Él enarcó las cejas.

–¿Y cómo es que no están celebrando contigo tu cumpleaños?

–Se han olvidado.

–Ah –esa vez él solo esbozó un media sonrisa–. Así que la chica del cumpleaños se ha quedado sin fiesta.

Bella se encogió de hombros.

–Todos hemos estado muy ocupados con los preparativos de la boda.

En ese momento regresó el barman con el vino con gaseosa y el martini.

–Háblame de esa… boda –le pidió él, pronunciando la palabra «boda» casi como si le diera repelús.

–No hay mucho que contar. Ella es encantadora y él es un tipo agradable, con éxito y un montón de dinero.

Él ladeó la cabeza.

–¿Y tú estás algo celosa?

–¡No! –se apresuró a replicar ella, sacudiendo la cabeza. Sin embargo, sintió una punzada en el pecho.

No estaba celosa de Vita, por supuesto que no, y se alegraba por ella de corazón porque se fuera a casar. Y ella jamás habría querido casarse con alguien como Hamish.

–El novio de mi hermana no es mi tipo. En fin, es un hombre de sólidos principios en el que se puede confiar, pero… también es bastante… soso.

–Y no te gustan los hombres sosos.

–Me gustan los hombres que me hacen reír.

–Ya veo –respondió él con una sonrisa. Bella habría sonreído también si no sintiera tanta lástima de sí misma en ese momento. Él se puso serio–. Bueno, ¿y cuál es tu papel en la boda?

–Soy dama de honor –contestó Bella en un tono lastimero.

Él se rio.

–Cómo se nota que nunca has sido dama de honor.

–¿O sea que no es tu primera vez?

10

Bella sacudió la cabeza. Aquello era demasiado humillante.

–No, la cuarta.

Y sí, ya sabía lo que decían de que quien había sido dama de honor tres veces nunca se casaría. Sus tías se encargarían de recordárselo el día siguiente.

–¿Y el padrino qué tal es?

Otro cliché: el de que si eras dama de honor podías acabar liándote con el padrino.

Bella no pudo evitar contraer el rostro. ¿Era o no mala suerte que su exnovio tuviera que ser precisamente el mejor amigo de Hamish y fuera a ser el padrino en la boda?

–¿Tan mal está la cosa? –inquirió él al ver la cara que había puesto.

–Peor –dijo Bella.

Peor porque después de haber roto con él, y sí, era ella quien había roto con él, Rex había empezado a salir con la más perfecta de sus primas, Celia. Y por supuesto nadie en la familia podía creerse que hubiera sido ella quien lo había dejado. ¿Cómo iba nadie, con un mínimo de sentido común, dejar escapar a un partidazo como Rex? Por eso, como creían que era él quien la había dejado, le tenían lástima. Pobre, no solo era incapaz de encontrar un buen trabajo, sino que también era incapaz de retener a su lado a un hombre como Rex. No era de extrañar que su padre la tratase como a una niña. Y tal vez lo fuera, porque aún seguía viviendo bajo su techo, y dependiendo de él.

–Invítame a la boda.

–¿Perdón?

–Eres una de las damas de honor y hermana de la novia, ¿no? Necesitarás un acompañante.

–No voy a invitar a un perfecto desconocido a la boda de mi hermana.

–¿Por qué no? Seguro que haría la boda más interesante.

–¿En qué sentido? –inquirió ella–. ¿No serás un psicópata que quiere organizar una masacre?

Él se rio.

–No. Mira, es evidente que ir a esa boda te apetece tanto como que te saquen una muela. Además, se han olvidado de tu cumpleaños, y me parece que tienes todo el derecho a hacer lo que quieras, a hacer algo que te resulta tentador.

–¿Crees que eres tentador? –inquirió ella enarcando una ceja.

De acuerdo, sí, vaya si lo era, pero parecía que también era un tanto fanfarrón.

Él se inclinó hacia delante.

–Creo que lo que te tienta es la idea de hacer algo inesperado.

Estaba retándola. Bella casi sonrió. Ya lo creía que sería inesperado. Y sí, era una idea tentadora. Era lo que siempre había querido: diferenciarse de su conservadora y aburrida familia. ¿Y qué sería más impactante que presentarse del brazo del hombre más guapo que había conocido en toda su vida?

Sin embargo, vaciló.

–No puedo invitarte; apenas te conozco.

Él se inclinó un poco más hacia ella.

–Pero tenemos toda la noche por delante para conocernos.

Capítulo Dos

¿Toda la noche? El corazón de Bella palpitó con fuerza, y una sonrisa traviesa acudió a los labios de él.

–Venga, ¿qué quieres saber de mí? Pregúntame lo que quieras.

Bella rehuyó su intensa mirada.

–De acuerdo. ¿Estás casado? –mejor despejar ya ese punto, pensó.

–No, ni lo he estado, ni pienso casarme.

–¿Tienes pareja? Y si tienes, ¿vivís juntos?

–En respuesta a tu primera pregunta... no, no tengo pareja. Y respecto a lo otro... ¿dejar que una mujer se venga a vivir a mi apartamento? Ni muerto.

Bella se quedó callada un momento. Estaba deján-dole bien claro que no le gustaban los compromisos.

–¿No serás gay? –le preguntó para picarlo.

Él le dirigió una mirada divertida, y dijo muy fan-farrón:

–¿Te basta con mi palabra de que no lo soy, o nece-sitas que te lo demuestre?

Umm... Un desafío. Pero Bella no se encontraba preparada aún para eso.

–¿Enfermedades? –le preguntó mordaz.

Él se lo tomó con humor.

–Creo que por parte de mi padre ha habido algún caso de diabetes, pero no suele darse antes de los se-senta.

Ella reprimió una sonrisa.

–¿A qué te dedicas?

–Trabajo con ordenadores.

Bella casi resopló. Eso podía significar cualquier cosa.

–¿Con ordenadores? ¿Eres programador o algo así?

Él ladeó la cabeza y, por primera vez, desvió la vista hacia otro lado.

–Algo así.

–Aaah –dijo ella asintiendo, como si aquello le encajase, y arrugó la nariz.

–¿Cómo que aaah? –inquirió él irguiéndose en su asiento–. ¿Y a qué viene ese gesto de desaprobación?

–¿No sabes cuál es el perfil de quienes se suelen descargar porno? Son hombres solteros, raritos, de esos que están obsesionados con la informática, entre los veinticinco y los treinta y cinco años –le contestó ella con malicia–. Seguro que eres un pervertido y que te gusta la saga esa de videojuegos en los que la protagonista es una chica con unos pechos como melones y cintura de avispa capaz de dejar inconscientes a cinco tíos en tres segundos.

–Ya veo –una amplia sonrisa se dibujó en los labios de él, y sus ojos brillaron, como prometiéndole que luego se vengaría de ella por eso–. Pues es cierto que estoy soltero, que me gusta la informática y estoy en esa franja de edad, pero no necesito el porno ni soy uno de esos tipos raritos.

–Eso es lo que tú dices.

La verdad era que no parecía un friki, pero era divertido hacerle rabiar. Él se rio, y le preguntó:

–¿No debería tener el pelo largo, lacio y grasiento y llevar gafas?

14

Cierto. Tenía el pelo corto y engominado, y no, no llevaba gafas, y tenía unos ojos increíbles.

–¿Acaso un friki tendría unos músculos como estos? –añadió él, dándose una palmada en el bíceps–. Anda, toca.

Vacilante, Bella alargó la mano y le tocó el bíceps con el dedo. Lo tenía duro como una piedra. Maravillada, no pudo contenerse y lo tocó de nuevo, esa vez con toda la mano, a través de la manga larga del polo, pero pronto sintió que estaba acalorándose y, segura de que debía estar roja como un tomate, apartó la mano y tomó un sorbo del vino con gaseosa.

Él la picó con una mirada de «te lo dije».

–Bah, seguro que llevas relleno debajo del polo o algo así –murmuró ella desdeñosa para fastidiarle.

–Muy bien, si no te lo crees… –él se levantó el polo, y antes de que Bella pudiera reaccionar, le tomó la mano y colocó la palma contra los músculos de su abdomen.

Bella se quedó aturdida y su mente se paralizó, pero su mano no. La piel desnuda del estómago de él era cálida, y al bajar un poco la mano notó la ligera aspereza de su vello púbico. No, aquel no era el cuerpo de un tipo enclenque que se pasaba horas y horas delante de la pantalla de un ordenador.

–¿Y qué me dices de este moreno, eh? –dijo levantándose una manga para mostrarle el bronceado antebrazo.

Ella se quedó mirándolo embobada. Era un antebrazo fuerte y muy sexy. Podía ver claramente la silueta de las venas que descendían hasta la muñeca.

–¿Tienes ese mismo bronceado por todo el cuerpo? –le preguntó cuando recobró la capacidad de hablar.

–Si tienes suerte, a lo mejor lo averiguas.

De cualquier hombre que le hubiera respondido eso, Bella habría pensado que tenía bastantes humos, pero por cómo se rio él luego, era evidente que solo estaba bromeando.

–¿Y entonces cómo es que estás soltero? Quiero decir que, si eres tan buen partido, ¿cómo es que no te han echado ya el lazo?

–Me parece que no entiendes cómo va el juego, encanto –murmuró él–. Yo no soy la presa, sino el depredador.

–Pues entonces no debes de ser muy bueno cazando. ¿Dónde está tu presa de esta noche?

Él se limitó a enarcar las cejas, como si fuera evidente, antes de guiñarle un ojo. Bella apretó los labios, reprimiendo a duras penas una sonrisa.

–¿Y sales de caza a menudo?

Él se echó a reír y sacudió la cabeza.

–Soy como un depredador que caza piezas grandes: cuando cazo una, me dura algún tiempo –la miró a los ojos–. Y solo cazo cuando veo una pieza verdaderamente jugosa.

Jugosa, ¿eh? Ella desde luego se notaba cada vez más húmeda y en su mente una voz gritaba «cómeme».

–Pero no retienes a tus presas.

–No –respondió él, negando con la cabeza–. Las cazo y luego las dejo libres.

–¿Y qué pasa si tu presa no quiere que la liberes?

–Siempre me aseguro de que mis presas comprendan las reglas del juego. Pero, de todos modos, aunque no sea así, puedo decirte que al poco tiempo acaban queriendo escapar.

Bella lo miró boquiabierta. No podía imaginar que

ninguna mujer pudiera querer escapar de las redes de un tipo como aquel.

Él esbozó una sonrisa amarga.

–Lo sé porque me lo han dicho, que soy muy egoísta.

–¿Y nunca te has sentido tentado de retener a una de tus presas?

–No.

–¿Por qué no?

Aquella fue la primera vez que él se puso serio de verdad.

–Porque nada es eterno. Las cosas cambian –hizo una pausa y sus ojos volvieron a brillar traviesos–. Lo mejor es poder hacer lo que quieras cuando quieras.

–¿Y después?

Él se limitó a encogerse de hombros. Bella tomó otro sorbo de su vino con gaseosa. En fin, con un hombre como aquel tampoco importaba mucho qué pasase después, ¿no? Tenía un físico de infarto y sentido del humor. ¿Qué más podía querer una mujer?

–Bueno, y ahora que ya sabes algo de mí –dijo él–, háblame de ti. ¿A qué te dedicas tú?

–Soy actriz –respondió ella con la cabeza bien alta.

Él se quedó callado un instante.

–Aaah, ya veo –la imitó él, asintiendo exageradamente con la cabeza.

–¿Qué quieres decir con ese aaah? –inquirió ella ofendida.

–Nada, estoy seguro de que eres una actriz estupenda –dijo él eludiendo la pregunta.

Su fingida confianza de mujer cosmopolita se desvaneció.

–Podría serlo –si le diesen una oportunidad.

17

–¿Podrías?

–Por supuesto –solo necesitaba un golpe de suerte.

–¿Y qué más haces?

–¿A qué te refieres? –le espetó ella, poniéndose a la defensiva–. Ya te he dicho que soy actriz.

–Sí, pero no conozco a muchos actores que estén empezando y no necesiten otro trabajo para poder sobrevivir.

Bella exhaló un suspiro dramático, y capituló.

–Está bien, sí, hago un café estupendo.

Él se rio.

–Ah, cómo no.

¿Cómo no? Sí, era un cliché andante, el objeto de las burlas de su familia. La aspirante a actriz. Y ni en broma pensaba decirle qué más hacía para sobrevivir. Si le dijera que también era animadora infantil se reiría de ella.

–¿Y qué tal te trata la vida de actriz? –inquirió él.

Bella volvió a suspirar, aún con más teatro.

–Bueno, teniendo en cuenta mi nariz…

–¿Qué le pasa a tu nariz?

Ella volvió el rostro para que pudiera verla de perfil, y él la estudió en silencio durante unos segundos.

–¿Qué tiene de malo? –preguntó finalmente.

–Pues que es algo alargada y demasiado recta.

–Yo diría que es una nariz majestuosa.

Bella dio un respingo cuando deslizó un dedo por ella y le dio un toquecito en la punta.

–Sí, bueno –murmuró echándose hacia atrás–, el caso es que es una nariz con demasiado carácter, y solo encajo en los papeles con carácter.

–Yo diría que eres una mujer de carácter, pero no precisamente por la nariz.

Bella casi se rio.

—El caso es que por mi aspecto no valgo para el papel de la protagonista; solo puedo aspirar a papeles secundarios.

No lo mencionó, pero también estaba el hecho de que su baja estatura y sus formas redondeadas no encajaban dentro de los patrones de Hollywood. Pero, en fin, tal vez lograra triunfar en Wellywood, más conocida como Wellington, la meca del cine allí, en Nueva Zelanda. Si es que tenía las agallas de mudarse.

—Pero no me importa —añadió—, porque de todos modos son los secundarios quienes siempre tienen las mejores frases.

—Pero si no eres la protagonista no te llevas al príncipe azul.

Bella frunció el ceño. Eso le daba igual. Lo que le preocupaba era que hasta la fecha ni siquiera había conseguido un papel secundario, sino solo de figurante. Se imaginaba que era por la dichosa «titulitis», porque no había estudiado en una escuela de arte dramático. Su padre se había opuesto en redondo a que se matriculase en una. Le había dicho que no iba a permitir que malgastase su cerebro con estupideces, en algo que no era más que una afición. La había enviado a la universidad, pero, para su espanto, en vez de escoger una carrera como Derecho o Economía, había escogido Filología. Su padre había supuesto entonces que acabaría dedicándose a la enseñanza, pero había supuesto mal.

Se había apuntado a clases de teatro por las tardes, había leído un montón de libros sobre los distintos métodos que se seguían en las escuelas de arte dramático, y había visto todo el cine clásico que había podido.

Lo malo era que cada vez que iba a una agencia de

talentos o a una audición se sentía intimidada por los actores que sí habían estudiado arte dramático, y por los que llevaban en aquel mundillo desde los tres años y que demostraban una increíble confianza en sí mismos.

«¿Cuándo vas a buscarte un trabajo de verdad?», le preguntaba constantemente su familia. «Eso de actuar no es más que una afición. Y no querrás pasarte el resto de la vida sirviendo café o inflando globos para un puñado de mocosos, ¿no?», le decían.

—¿Y quién quiere al príncipe azul? —respondió malhumorada—. No me gustan las historias de amor edulcoradas, prefiero las películas de aventuras y los diálogos mordaces. Además, los príncipes azules son aburridos.

De hecho, su supuesto príncipe azul, el hombre al que su familia había adorado, no la había dejado ser ella misma. Por eso le había dicho que quería cortar.

Él se inclinó hacia delante y la tomó de la barbilla para que lo mirara a los ojos.

—No me puedo creer que seas así de cínica.

—Solo cuando es mi cumpleaños, nadie se ha acordado y estoy atrapada en una isla por una boda que va a ser un infierno para mí —respondió—. Yo creía que iba a ser algo informal, y que solo vendrían unos pocos amigos y familiares, pero va a parecer una boda de la realeza. El noventa y nueve por ciento de las reservas que se han hecho este fin de semana en este complejo turístico son de invitados a la boda.

—Vaya, pues es tu noche de suerte, porque yo soy parte del uno por ciento restante.

Ella se quedó mirándolo sin palabras porque no podía creerse el comentario tan arrogante que acababa de hacer. Pero entonces vio que le guiñaba un ojo, y le entró la risa.

—¡Por fin te oigo reír! —exclamó él.

—Gracias, creo que lo necesitaba —murmuró Bella cuando recobró la compostura.

—No hay de qué. Por cierto, no sé qué ha sido de mis modales; aún no me he presentado. Mi nombre es Owen Hughes. No tengo ninguna enfermedad, estoy libre y sin compromiso, y soy hetero.

—Yo soy Bella Cotton. Tampoco tengo ninguna enfermedad, también estoy soltera, y también soy heterosexual.

—¿Te apetece cenar conmigo, Bella? —le propuso él de repente—. Si no tienes plan con tu familia, quiero decir.

—No, que yo sepa no hay ningún plan para esta noche.

—A lo mejor te han organizado una fiesta sorpresa de cumpleaños —aventuró él.

—Aunque suena bonito, lo dudo mucho.

—Bueno, pues… ¿buscamos una mesa?

Bella asintió sin vacilar, se levantaron y pasaron al restaurante.

—Me muero de hambre —dijo él.

—¿Significa eso que no has tenido mucha suerte en la caza últimamente, tigre? —bromeó Bella.

Owen esbozó una sonrisa seductora.

—Puede, pero pienso resarcirme.

Capítulo Tres

Owen se había sentido triunfante al oírla reír. Justo como había imaginado, tenía una sonrisa encantadora y una risa muy dulce. Cuando sonreía sus labios carnosos resultaban aún más tentadores, y los ojos, unos ojos cuyo color no lograba decidir si era azul claro o gris, brillaban de un modo especial.

Había estado lanzándose un farol con lo del depredador. Si de verdad fuera un tigre, habría muerto de hambre hacía meses. Hacía bastante que no practicaba el sexo; demasiado. Quizá fuera ese el motivo por el que había sentido aquella fuerte atracción hacia Bella cuando la había visto entrar en el bar.

Él había estado sentado en una mesa y, casi como movido por una fuerza externa a él, se había levantado para ir a la barra, junto a ella. Solo por ver más de cerca su curvilínea figura. La blusa y la falda que llevaba dejaban entrever unas piernas bien torneadas y unos senos generosos. Luego, al ver lo mohína que parecía, se había dicho que tenía que conseguir hacerla sonreír.

La mesa a la que la había conducido estaba en un rincón apartado. En caso de que su familia se presentara allí, no quería que los molestaran. Quería seguir charlando y bromeando con ella. De hecho quería hacer mucho más, pero necesitaba tiempo para llegar a eso.

–Bueno, ¿y en qué consiste exactamente tu trabajo? –le preguntó ella–. ¿Trabajas para un fabricante de *software* o algo así?

–No, está relacionado con la programación, pero no estoy a sueldo de nadie.

–¿Y qué programas? ¿Videojuegos?, ¿*software* para bancos?

–Trabajo con programas de seguridad.

–No me lo digas –murmuró ella–. Apuesto a que eres uno de esos cerebritos de la informática que a los catorce logró acceder a los archivos del FBI, o creaste un virus muy dañino. Un chico malo, un *hacker* que ha dejado el lado oscuro o algo así. ¿Me equivoco?

–Sí –contestó él riéndose–. Nunca he tenido problemas con la justicia.

La verdad era que no era él quien se ocupaba de la programación. Para eso tenía un equipo de informáticos que sí eran cerebritos. Él era quien tenía las ideas, a quien se le ocurría la manera de hacer los pagos por Internet más seguros, cómo proteger la identidad del usuario…, cosas así.

–Ah. ¿Y qué, va bien el negocio? –inquirió ella.

–No va mal –contestó él, sonriendo para sus adentros.

Tenía empleados en todo el mundo; su negocio se había convertido en un negocio internacional, a gran escala, que él dirigía desde su centro de operaciones en Wellington. Pero no quería hablar de trabajo; por eso estaba en Waiheke, para desconectar unos días en su casa cerca de la playa. Necesitaba relajarse, distraerse, y era como si la perfecta distracción hubiera aparecido por arte de magia. Estaba sentada frente a él en ese momento.

Se había asegurado de que comprendiera las reglas

del juego, y parecía que la idea la tentaba. Solo le faltaba darle un último empujoncito.

Aprovechando que estaba leyendo la carta, la observó en silencio, hipnotizado por la franja de piel quemada por el sol que podía entrever a través del escote de su blusa. Parecía que se extendía por la curva superior de sus senos, y sus dedos ansiaban seguir la senda marcada por esa marca enrojecida.

Poco después se acercó un camarero, y después de apuntar en su libreta lo que iban a tomar, los dejó a solas de nuevo.

–Oh, no –murmuró Bella de pronto, con una expresión muy cómica.

–¿Qué? –inquirió él.

–Acaba de entrar parte de mi familia.

Él giró la cabeza en la dirección hacia la que ella estaba mirando y maldijo para sus adentros. Justo cuando casi la tenía en el bote…

Una rubia del grupo, alta y de largas piernas, pareció ver a Bella, y fue hasta su mesa.

–Bella, no sabes cuánto lo sentimos. Es tu cumpleaños y aquí estás, sola.

Owen enarcó una ceja, ofendido. ¿Se había vuelto invisible de repente, o qué?

–No puedo creerme que no nos lo hayas recordado –continuó la rubia, ignorándolo.

–No quería deciros nada –murmuró Bella.

Owen vio el dolor en sus ojos, y comprendió lo que quería decir. Había puesto a prueba a su familia, para ver si se acordaban, y le habían fallado.

–No te preocupes –le dijo a la rubia, interviniendo en la conversación–, no está sola. Es solo que queríamos tener una celebración privada.

La rubia se lo quedó mirando con una expresión glacial.

—¿Y tú eres…?

—Owen —respondió él, como si eso lo explicara todo.

—Owen —repitió la rubia.

Miró a Bella, y luego volvió a mirarlo a él de arriba abajo. La frialdad de sus facciones dio paso a una sonrisa afectada, y Owen supo que se había fijado en su reloj y en sus zapatos y que había reconocido de qué marca eran. «Sí, encanto», le dijo para sus adentros, «estoy forrado». Bella no se había fijado en esos detalles, y a él le había agradado que por una vez una mujer no se interesase en él por su dinero.

—Parece que nos has estado ocultando algún que otro secreto, Isabella —le dijo la rubia a Bella.

Bella bajó la cabeza y no respondió. Se hizo un tenso silencio hasta que la esbelta rubia pareció captar la indirecta y dijo:

—Bueno, pues os dejo; que disfrutéis de la cena.

—Gracias —respondió Owen, sin apartar los ojos de Bella.

No solía ser tan grosero, pero sabía mostrarse arrogante cuando la ocasión lo requería. Y el ver el dolor en los ojos de Bella le había dicho que la situación lo requería. Lo había empujado un impulso irracional de ayudarla, de darle su apoyo.

No debería estar comportándose así. Normalmente evitaba mostrar cualquier tipo de interés que fuera más allá de lo puramente físico, porque ya había cometido una vez ese error y se había visto empujado a un compromiso que no quería. Su exnovia había querido una boda, un anillo y todo eso, pero él no.

Ella había intentado forzar la situación y todo había

terminado de la peor manera. Por eso se había jurado que aquello no volvería a pasarle. Por eso ya no tenía relaciones serias, solo aventuras.

En cualquier caso lo único que esperaba en ese momento era que su brusquedad mantuviese alejada a la familia de Bella hasta que consiguiese lo que quería.

El camarero regresó con los entrantes que habían pedido, y cuando Bella bajó la vista para tomar su tenedor, Owen vio que estaba conteniendo a duras penas una sonrisa. Parecía que le había gustado que la defendiera.

—¿Y ahora? ¿Estoy invitado? —le preguntó.

—Si te invito… tendrás que darme tu palabra de que solo me prestarás atención a mí. Nada de pasarte toda la boda lanzándole miraditas a mis primas.

Owen solo tenía ojos para ella, pero no quiso perder la ocasión de picarla un poco.

—¿Tan guapas son?

Ella lo miró largamente y respondió:

—Acabas de conocer a una de ellas.

—¿Esa rubia? —inquirió él, fingiendo sorpresa—. Pues a mí no me parece guapa.

Bella lo miró con tal incredulidad que Owen no pudo evitar echarse a reír.

—No lo es. Es rubia y alta, ¿y qué? Hay docenas de chicas así. Yo preferiría mil veces a alguien interesante.

Y era la verdad. Había salido con un montón de chicas altas y rubias, y buscaba algo distinto.

Bella añadió otra condición:

—Y nada de ponerte borracho como una cuba y avergonzarme delante de todo el mundo —se quedó callada un momento y enarcó una ceja—. ¿No será por eso por lo que quieres venir, por la bebida gratis?

–No.

–¿Y entonces por qué?

–Porque quiero que lo pases bien; bien de verdad –respondió él, y estaba siendo sincero.

–Te advierto que va a ser una boda multitudinaria –dijo ella con un mohín–. Han venido todos nuestros familiares directos, los lejanos, amigos…

–Nunca entenderé todo ese circo que se monta –murmuró él.

–Y todo el dinero que se gasta para un solo día –comentó Bella sacudiendo la cabeza.

Tenía un cabello muy bonito, castaño claro y ondulado, que casi le rozaba los hombros.

–Y encima el vestido que tengo que llevar es espantoso. Horroroso –añadió.

–Seguro que estarás preciosa –replicó él.

Era tan bonita que se pusiese lo que se pusiese le quedaría bien.

–No lo entiendes –dijo ella quejosa–. Todas las damas de honor vamos a llevar el mismo vestido, pero… bueno, ya has visto a mi prima Celia…

–A todas las demás les queda perfecto, ¿no?

–¡Exacto! –Bella lo miró angustiada–. Todas son esbeltas y miden uno setenta y cinco o más.

Mientras que ella debía medir uno sesenta y cinco y era toda curvas. Pues él la prefería a ella antes que a diez Celias rubias y altas.

–¿Y tu hermana y su novio han hecho una lista de bodas? –inquirió cambiando de tema.

–Sí, ya lo creo –resopló–. Lo más barato de la lista costaba cien dólares y tenías que comprar dos.

Vaya. Decididamente parecía que el dinero era un problema para ella. Claro que una actriz principiante

27

con un trabajo de camarera no debía ganar mucho. Y aquel complejo turístico era uno de los más caros del país. Celebrar una boda allí debía costar un dineral. ¿Se sentiría incómoda por ser la oveja pobre de la familia?

Se rio, y asintió diciendo:

–Las listas de bodas son una pérdida de tiempo. A mí me parece que a cada pareja que se casa le iría mejor si lo dejasen al azar. Así, si les regalan dos cafeteras, cuando se divorcien podrán quedarse cada uno con una.

Ella lo miró sorprendida.

–Y decías que yo era cínica…

Owen se encogió de hombros.

–El matrimonio no es más que un papel que se firma y que no sirve para nada –dijo.

Y él podía dar testimonio de ello. No era más que una farsa.

–¿Eso crees?

–Venga, ¿a cuántas parejas conoces que sigan casadas hoy en día pasados diez años? O si me apuras, siete. ¿Qué sentido tiene?

En algún punto, irremediablemente, la relación se terminaba. Él era de la opinión de que en una relación lo mejor era separarse antes de que se asentaran el aburrimiento o el resentimiento, porque al final era lo que acababa ocurriendo. El amor no era un sentimiento duradero, y era mejor no atarse a algo que en el fondo no se quería, y no arrastrar consigo a inocentes que luego terminaban sufriendo con el divorcio. No, no pensaba correr el riesgo de tener que pasar por eso otra vez: nada de relaciones serias, ni de casarse, ni de hijos.

***

Bella se echó hacia atrás en su asiento y se quedó pensativa. En eso tenía que darle la razón. Hacía solo un mes se había separado una de sus primas mayores... después de un matrimonio de tres años y medio. Pero quería creer que no siempre tenía por qué ser así.

–Bueno, en cualquier caso desde un principio me ha quedado claro que el matrimonio no entra en tus planes.

–Ya lo creo que no. Pero no tengo nada en contra de festejar la locura de otros –apuntó Owen con una sonrisa.

–¿Y flirtear con las damas de honor? –lo picó ella.

–Con todas no; solo con una.

Ya. ¿Con la bajita regordeta de nariz peculiar? Solo estaba siendo amable porque no había visto a las otras. Cuando las viese se olvidaría de ella en un segundo. Sin embargo, cuando levantó la vista del plato, lo encontró mirándola de una manera ardiente, como si la deseara.

Desesperada por aplacar el repentino calor que la invadió, Bella iba a tomar su copa de vino cuando él la detuvo, cubriendo con su mano la de ella.

–Creo que no deberías beber más.

Bella entornó los ojos, y él apartó su mano y se encogió de hombros.

–No estoy diciendo que estés ebria, si es eso lo que estás pensando –le dijo muy serio. Y luego, con una sonrisa provocativa, añadió–: Pero el alcohol entorpece los sentidos, y no quiero que esta noche te pierdas ninguna sensación.

–¿Voy a necesitar mis sentidos? –inquirió ella fascinada.

–Todos.

Owen señaló con la cabeza las puertas abiertas por donde se salía a un porche descubierto en la parte trasera, frente a la playa. Una pequeña banda tocaba jazz, y algunas parejas bailaban.

–¿Quieres bailar conmigo? –le preguntó–. Puedes tomártelo como un ensayo para mañana.

Se puso de pie y le tendió la mano con una sonrisa. Bella se quedó mirándolo un instante, pero cuando puso su mano en la de él y Owen se la apretó supo que ya no había vuelta atrás.

Salieron. Las olas bañaban suavemente la arena y el aire de la noche era cálido. Era un ambiente casi mágico.

–Me gusta esta música –murmuró él, rodeándole la cintura con un brazo mientras llevaba su mano al pecho con la otra–. Es la música perfecta para bailar como a mí me gusta.

–¿Y qué forma de bailar es esa?

–Bailar pegados –contestó él, atrayéndola más hacia sí.

De pronto la mano de Owen se introdujo por debajo de su blusa, y al sentir la caricia de sus dedos sobre su piel desnuda, Bella se estremeció, y el deseo que despertó en su interior casi le hizo dar un traspié. Para disimular su reacción, recurrió al sarcasmo.

–Accedí a bailar contigo, pero no a que metieras la manos por debajo de la blusa.

–Pues a mí me pareció una buena idea –murmuró él en su oído, haciéndola estremecer de nuevo.

Sus senos estaban solo a unos milímetros del recio muro que era el torso de él. No se tocaban, pero casi, y Bella sintió como los pezones se le ponían tirantes.

Aspiró temblorosa y murmuró:

–Owen, yo…

–Shh… Tu familia está mirando.

Sin dejar de bailar, Owen la llevó hacia un rincón alejado del porche, donde la luz que provenía del restaurante se convertía en penumbra, y no se oía apenas el rumor de las conversaciones. Owen la hacía moverse suavemente al ritmo de la música mientras le susurraba al oído, diciéndole que se concentrase solo en el baile.

Cuando la banda paró para hacer un descanso, aprovechó para ir al servicio para recobrarse un poco de ese embrujo que parecía urdir sobre ella. Mientras ponía las muñecas bajo un chorro de agua fría se dijo que no debería haberse tomado aquellos cócteles en el bar. Desde entonces apenas había bebido, pero se sentía algo mareada. Se miró en el espejo, y al ver que tenía los ojos brillantes y las mejillas sonrosadas decidió que no quería librarse del embrujo de Owen en absoluto. No, quería llevar aquella maravillosa locura hasta el final. En ese momento todo lo demás le daba igual.

Al salir del servicio lo vio esperándola, apoyado en una pared, pero cuando se dirigía hacia él su hermana Vita le cortó el camino.

–Bella, ¿dónde has estado todo este tiempo? –le preguntó–. ¿Y quién es ese tipo con el que estabas bailando?

–Se llama Owen; es un viejo amigo.

–¿Un viejo amigo? –repitió Vita. La incredulidad que reflejaba su rostro la hizo sentirse humillada.

–Bueno, no tan viejo –respondió Bella al ver a Owen aparecer detrás de Vita. Tuvo que hacer un esfuerzo para contener una risita–. ¿Cuándo naciste, Owen, hará unos treinta años?

Él se puso a su lado, rodeándole la cintura con un

31

brazo, con tanta naturalidad como si lo hubiese hecho miles de veces, y respondió:

—Más o menos.

Y luego le dirigió una sonrisa deslumbrante y muy íntima que hizo parpadear a Bella tanto como a Vita.

—Tú debes ser la hermosa novia, la hermana de Bella —dijo girando la cabeza hacia Vita—. Enhorabuena.

Vita parpadeó de nuevo, y tardó un momento en recordar sus buenos modales.

—Gracias… Owen. ¿Vas a venir mañana a la boda?

—Pues… —comenzó él. Miró a Bella, y esta vio de nuevo ese brillo divertido en sus ojos—, me encantaría, pero Bella no estaba segura de si…

—Oh, si eres amigo de Bella puedes venir, por supuesto.

Bella giró la cabeza hacia su hermana con los ojos entornados. ¿Era su imaginación, o había puesto énfasis en el «si»?

—Gracias —respondió Owen.

Luego se despidió de Vita con un asentimiento de cabeza, tomó a Bella de la mano y la condujo fuera de nuevo.

Ya en el porche, cuando él la atrajo hacia sí para bailar, Bella le rodeó el cuello con los brazos casi sin pensarlo. Estaba dolida. Vita parecía no creerse que un hombre atractivo como Owen pudiese interesarse en ella. Seguro que su hermana y los demás estaban mirándola boquiabiertos en ese momento, perplejos. ¿Por qué, por qué tenía que ser el garbanzo negro en una familia tan perfecta? ¿Y por qué tenía que tener una hermana tan perfecta?

Como si le hubiera leído el pensamiento, Owen la atrajo hacia sí y le dijo mirándola a los ojos:

–No es tan perfecta.

Pero ella no le creyó. Su hermana pequeña, que tenía un año menos que ella, siempre había sido la que hacía las cosas como se suponía que tenían que hacerse, como su padre quería que se hiciesen.

–Ni siquiera te ha dicho feliz cumpleaños –añadió él en un tono quedo.

Bella suspiró.

–Ahora mismo tiene demasiadas cosas en la cabeza.

–Bueno, ¿y cuántas velas se supone que deberías soplar esta noche?

–Veinticuatro.

Bella ya no tenía energías para seguir bromeando; estaba demasiado imbuida en esa atracción que sentía hacia él. No podía aminorar los latidos de su corazón; notaba como si le faltara el aire. Dio un traspié y él la asió por los brazos para sujetarla.

–Estás cansada –murmuró.

No, estaba cualquier cosa menos cansada, habría querido decirle, pero él dio un paso atrás, apartándose de ella.

–Te acompañaré a tu habitación.

Bella sintió una punzada de decepción. Lo estaba pasando tan bien que no quería que la noche terminase. Pero parecía que la interrupción de Vita había hecho añicos aquella frágil fantasía, y Owen ya estaba conduciéndola hacia las escaleras que bajaban a la playa.

Sin embargo, justo antes de que llegaran a los escalones, su prima Celia se interpuso en su camino.

–¿No os iréis a marchar ya? –les preguntó, llena de vivacidad.

–Mañana va a ser un día muy cansado para Bella; necesita descansar –respondió Owen antes de que Bella pudiera abrir la boca.

Celia la miró fijamente y le dijo:

—Pues será mejor que te pongas un poco de crema en esa quemadura o mañana parecerás una cebra.

Bella contrajo el rostro. Tenía que lanzarle esa pulla para humillarla, ¿no?

Owen se volvió ligeramente hacia ella, y la miró de arriba abajo con una intensidad que la hizo sentirse como si estuviese acariciándola con los ojos. Y entonces, de pronto, levantó una mano y le rozó suave y sensualmente la quemadura en su pecho con el dorso mientras la miraba a los ojos.

—No te preocupes, yo me aseguraré de que se la ponga —le dijo a su prima sin apartar sus ojos de ella.

Bella se quedó hechizada por el fuego que había en su mirada. Nunca se había sentido tan deseada. Le pareció oír a su prima carraspear, pero cuando finalmente logró despegar sus ojos de los de él, Celia ya se había alejado.

Owen volvió a tomar su mano, y Bella se fue con él, prácticamente ajena a su hermana y a su prima, que sin duda estarían siguiéndolos con la mirada. Le daba igual. Sentía un cosquilleo en la piel, donde él la había tocado, y a cada paso que daba estaba más excitada.

Capítulo Cuatro

Cuando bajaron a la playa se levantó algo de brisa, y aquel ligero descenso de temperatura despejó a Bella.

–¿Dónde te alojas? –le preguntó Owen.

–En uno de los bungalows que ahí allí, detrás del edificio principal del hotel –respondió ella señalando.

No era como las lujosas villas en las que se alojaba el resto de su familia, con vistas a la playa, pero el precio, naturalmente, era mucho más razonable.

En solo unos minutos ya estaban allí. Al llegar a la puerta de su bungalow se detuvieron, y Bella bajó la vista; de repente se sentía demasiado tímida como para mirarlo a los ojos.

–Gracias por acompañarme, y por lo de antes –murmuró.

–No hay de qué –contestó Owen–. Ha sido divertido.

Divertido… Bella volvió a sentir una punzada de decepción. Sabía que era una tontería que quisiera nada más de él cuando acababa de darle una victoria sobre su prima que recordaría siempre, pero no podía evitar ansiar más, mucho más.

Owen señaló la puerta con el pulgar y le preguntó:

–¿Tienes el bungalow para ti sola, o lo compartes con tu tía abuela o algún otro familiar antipático?

–No, lo tengo para mí sola –Bella alzó la vista y vio una sonrisa traviesa aflorar a los labios de él.

–¿Quieres que entre contigo y me asegure de que no hay monstruos debajo de la cama?

Aquel flirteo le devolvió a Bella algo de confianza, y dio un paso hacia él.

–Eres todo un caballero, ¿eh? ¿También piensas arroparme?

–Si quieres… –murmuró Owen dando también un paso hacia ella–. ¿Es eso lo que quieres, Bella?

–Sí.

El primer beso de Owen fue un beso suave, apenas una leve presión de sus labios sobre los de ella. Luego se echó hacia atrás, solo una fracción de segundo, y después volvió a asaltar sus labios. Fue otro beso suave, pero uno que hizo que Bella se inclinara hacia él cuando volvió a apartarse.

Owen le rodeó la cintura con los brazos, atrayéndola hacia sí, y el siguiente beso fue completamente distinto. Fue un beso profundo, y la tensión sexual que había flotado entre ellos a lo largo de la noche se desató en ese momento con toda su fuerza.

Bella hundió sus dedos en el cabello de él, y las manos de Owen moldearon las curvas de su cuerpo. Mientras, sus labios hambrientos se devoraban, y la lengua del uno acariciaba la del otro.

Bella cerró los ojos cuando los labios de Owen abandonaron los suyos para descender con un reguero de ardientes besos por su mandíbula, su cuello… El calor que estaba aflorando en su vientre se convirtió en llamas.

Owen besó con cuidado la quemadura del sol en su pecho mientras desabrochaba los botones de la blusa y la abría. La marca de la quemadura desaparecía en la curva de sus senos, que habían estado protegidos por las copas de su biquini, pero Owen no se detuvo. Tiró de una de las copas del sujetador de encaje hasta que el pezón quedó al descubierto, y lo tomó en su boca.

Bella se arqueó hacia atrás, estremeciéndose por dentro. El otro brazo de Owen la sostuvo al tiempo que apretaba su pelvis contra el calor de la suya, y Bella notó su erección a través de los vaqueros.

Aquel contacto hizo que un gemido de placer escapara de sus labios. Él levantó la cabeza, y Bella pudo ver cómo el deseo tensaba sus facciones, igual que todo su cuerpo. El aire de la noche era fresco, pero ella se notaba ardiendo.

Sin aliento y con la blusa medio abierta y un pecho fuera, se echó hacia atrás.

–Creo que deberíamos entrar –murmuró.

–Será lo mejor –respondió él, jadeante también–; porque lo malo del sexo en la playa es que se te mete la arena por todas partes.

Bella prorrumpió en risitas. Sacó la llave del bolso y se volvió hacia la puerta para introducirla en la cerradura. Owen, detrás de ella, le pasó las manos por las caderas y cuando se apretó contra sus nalgas Bella notó a la perfección todo lo que tenía que ofrecerle.

Apretándose aún más contra ella, le susurró al oído con humor:

–Pero aunque no practiquemos sexo en la playa, sí que vamos a tener unos cuantos orgasmos colosales.

Bella apenas había abierto la puerta cuando Owen la volvió hacia él y capturó sus labios de nuevo. La hizo retroceder para que entrara, y cerró la puerta detrás de ellos con el pie.

Luego siguió haciéndola retroceder, pero también girar después de un par de pasos, arrinconándola contra la pared. Bella sintió un alivio inmenso de poder apoyarse en ella, porque no estaba segura de que las piernas pudieran seguir sosteniéndola mucho tiempo.

Owen sostuvo su rostro entre ambas manos, y le acarició con las yemas de los pulgares en el cuello, dibujando círculos detrás de las orejas, pero su cuerpo no la tocaba, y Bella quería volver a sentirlo pegado a ella. Sus besos se volvieron más profundos cuando ella abrió más la boca, en una muda invitación entre suspiros de placer mientras su lengua buscaba la de él.

Su confianza en sí misma parecía ir y venir. Aumentó cuando las caricias de Owen se volvieron más íntimas después de que le desabrochara los últimos botones de la blusa y el enganche del sujetador, pero la timidez se apoderó de ella cuando ambas prendas acabaron en el suelo.

Owen, que notó que se había puesto algo tensa, bajó la vista y le preguntó:

—¿Estás segura de que quieres hacer esto?

Ella asintió, y le dijo:

—Es que hace mucho que no…

—Para mí también.

Ella no se lo creyó ni por un segundo, pero le pareció muy amable por su parte que dijera eso, y su timidez se disipó en cuanto él se sacó el polo por la cabeza, dejando al descubierto la belleza de su torso desnudo.

Las manos de Bella subieron a sus hombros y fueron descendiendo lentamente por su ancho tórax, los músculos de su abdomen, y se detuvieron al llegar a la cinturilla de sus vaqueros. Owen alzó la vista hacia ella y le dijo con una sonrisa:

—Como sigas con eso no duraré ni un segundo; bastante excitado estoy ya.

–Sí, eso ya lo veo –murmuró ella, acariciándolo un poco más.

–Bella, para ya –le dijo Owen con una sonrisa.

–No puedo; me encanta el tacto de tu piel. Tienes unos músculos impresionantes –murmuró maravillada.

¿Cómo podía tener un cuerpo así un tipo que se pasaba el día delante de un ordenador?

Sin embargo, Owen empezó a besarla y a tomar la iniciativa de nuevo. Le desabrochó la falda, y se agachó, poniéndose de rodillas para bajársela lentamente mientras imprimía suaves besos en sus muslos y sus pantorrillas.

Luego volvió a ponerse de pie, aún con los vaqueros puestos, pero Bella solo con las braguitas. Los zapatos se los habían quitado al entrar, y debían andar tirados por algún sitio cerca de la puerta. Owen tomó el rostro de ella entre sus manos de nuevo, y comenzó a besarla de nuevo. Ansiosa, Bella empujó sus caderas hacia las de él.

–¿Quieres algo? –la picó él.

–Tú lo sabes muy bien.

Owen le puso las manos en los hombros, las deslizó por sus brazos, y entrelazó sus dedos con los de ella. Luego le subió los brazos, sujetándoselos contra la pared. Aquel movimiento levantó los senos de Bella, y sus pezones endurecidos apuntaron hacia él.

Owen se detuvo un momento a admirar la vista que tenía ante sí, y Bella, al mirarlo a los ojos y ver la pasión que destilaban, se derritió un poco más, estremeciéndose por dentro. Owen la besó y sujetó sus dos manos con una sola. La mano libre se deslizó por su garganta y siguió bajando hasta cerrarse sobre uno de sus senos. Le acarició el tirante pezón con el pulgar, y Bella gimió dentro de su boca.

La mano de Owen continuó descendiendo por su estómago, y cuando se adentró en sus braguitas para comprobar cómo estaba de húmeda, Bella gimió de nuevo.

Owen despegó sus labios de los de ella, y la miró a los ojos.

—Eso es lo que yo quiero —le susurró.

Le besó un párpado, luego el otro, y comenzó a estimularla con los dedos despacio, lentamente. Sus labios tomaron posesión de los de ella otra vez, y su lengua exploró el interior de su boca, igual que sus dedos estaban explorando la parte más íntima de su cuerpo. Bella se estaba sintiendo algo mareada. Mantuvo los ojos cerrados, abandonándose a las sensaciones que estaba experimentando, completamente a su merced, hasta que se encontró revolviéndose y arqueándose. Quería que sus dedos se movieran más rápido, pero él seguía torturándola con movimientos lentos, muy lentos. Le suplicó jadeante, y Owen le dio lo que quería al tiempo que sus besos se volvían más apasionados. Su boca descendió por el cuello de Bella, bajó a su pecho, y regresó a sus labios hambrientos.

Temblorosa, Bella le rogó que no parara; quería más, más… Y de pronto de su garganta salió un intenso gemido. Había llegado al orgasmo.

Owen le soltó las muñecas, y los brazos de Bella cayeron. Luego él plantó las manos en la pared, a ambos lados de ella, y la besó suavemente en la punta de la nariz.

—No creo que pueda aguantar más… —murmuró Bella sacudiendo la cabeza.

—¿Qué dices?, si acabamos de empezar.

—No, lo digo en sentido literal —jadeó ella—. Parece que mis piernas ya no quieren seguir sosteniéndome…

Owen la asió por la cintura.

–¿Qué es lo que quieren tus piernas, Bella? –le preguntó, riéndose suavemente.

–Rodear tu cintura –murmuró ella–. Así…

Se agarró a sus hombros, y le pasó primero una pierna en torno a la cintura, y luego la otra mientras él la sujetaba.

–Ummm… Me gusta.

–¿Te gusta esto también? –inquirió ella, deslizando una mano por su pecho.

Los brazos de él se tensaron.

–Creía que te había dicho que no hicieras más eso.

–¿Tienes miedo de no poder resistirlo?

–Pues claro que puedo –replicó él con una sonrisa, mostrando sus blancos dientes.

Owen la llevó hasta la cama en cuatro zancadas y la depositó sobre ella antes de unirse a su cuerpo.

Bella le abrió los brazos y las piernas, completamente dispuesta, y Owen emitió un gruñido de satisfacción.

–¿Tienes preservativos a mano? –le preguntó.

Bella sacudió la cabeza.

–¿Ni uno siquiera?

Bella volvió a sacudir la cabeza, y Owen esbozó una sonrisa pícara.

–Yo sí.

Se sacó la billetera del bolsillo trasero del pantalón, extrajo un preservativo, y lo colocó sobre la mesilla.

–Estás hecho todo un boy scout –observó Bella.

Owen volvió a sonreír.

–Es mejor prevenir los accidentes, ¿no crees?

Owen le bajó las braguitas entre caricias, besos y susurros. Bella, que no podía esperar más, quiso desa-

41

brocharle los pantalones, pero él se anticipó, rodando sobre el costado para sacárselos. Luego se puso el preservativo y se colocó de nuevo sobre ella.

Con los ojos oscuros de deseo le dijo:

–Feliz cumpleaños, Bella.

Ella cerró los ojos. No podía creerse que por fin fuera a… ¡Cielos! Aspiró hacia dentro y abrió los ojos sorprendida.

–Es tu cumpleaños; te mereces un gran regalo, ¿no? –murmuró él–. ¿Te gusta tu regalo, Bella?

–Ya lo creo –gimió ella, casi sin aliento, mientras su cuerpo se hacía a él.

Owen la asió por la cintura y la hizo rodar con él, de modo que ella quedó a horcajadas sobre él.

–Déjame ver lo hermosa que eres, Bella.

Ella bajó la vista hacia él, aún sin creerse que estuviera en la cama con un hombre con un cuerpo como aquel. Deslizó las manos por su ancho tórax, inclinándose hacia delante y luego volviendo a erguirse para que su miembro entrara y saliera de ella, una vez, y otra vez, y otra vez…

Temblorosa, abrió los ojos y lo encontró observándola y disfrutando con ello. Las manos de Owen subieron desde sus muslos hasta sus pechos y se cerraron sobre ellos.

–Eres preciosa, Bella –murmuró, acariciándole los pezones con los pulgares, y comenzó a empujar sus caderas contra las de ella.

–Oh, Dios… –jadeó Bella–. Eres un tigre de verdad.

Él rugió, y las risitas de Bella se vieron interrumpidas por otro gemido que escapó de sus labios cuando él empezó a moverse más deprisa. El placer fue en aumento, cada vez más abrumador, hasta que borró todo de la mente de ella, todo excepto aquella pasión que la consumía. Su cuerpo se tensó al límite, poniéndose casi rígido.

Owen la rodeó con sus brazos y sus fuertes embestidas la llevaron a un orgasmo salvaje que la hizo gritar de placer, igual que él, pocos segundos después, y Bella se derrumbó sobre su pecho. Cada músculo de su cuerpo temblaba y se sentía como si un cosquilleo delicioso burbujeara dentro de ella. Nunca había imaginado que el sexo pudiera llegar a ser tan increíble.

–Yo creo que cuando nos hayamos recuperado un poco –jadeó él–, deberíamos volver a hacer esto.

–Y más –murmuró ella, planeando ya todo lo que iba a hacerle.

Oh, sí, mucho más… Dios, cómo le pesaban los ojos…

Había un ruido extraño, como si hubiese entrado un abejorro gigante en el bungalow y se hubiera quedado atrapado. Owen, sobre cuyo pecho descansaba la cabeza de Bella, dio un respingo. Sobresaltada, Bella rodó sobre el costado, y él se bajó de la cama a toda prisa. Bella parpadeó repetidamente para que sus ojos se hicieran a la oscuridad, y observó a Owen levantar sus vaqueros del suelo y maldecir mientras intentaba dar con el bolsillo correcto.

Cuando sacó el móvil, la pantalla lanzó un frío brillo azul sobre su rostro. Owen se quedó mirándola un momento antes de ponerse a teclear algo.

Alzó la vista hacia Bella, y de pronto a ella le pareció que su mirada se había vuelto distante.

–Qué pesadilla –murmuró.

Bella no estaba segura de si se refería al mensaje que había recibido en el móvil, o a la situación. Al cabo de un rato el teléfono volvió a vibrar de nuevo. Owen leyó el mensaje.

–Tengo que irme –le dijo, poniéndose a teclear de nuevo.

Aún era noche cerrada, y allí en Nueva Zelanda, estando en verano como estaban, no amanecía hasta casi las cinco de la mañana. Iba a largarse en mitad de la noche.

–Pero… ¿a la hora que es?

Owen se había puesto los pantalones y seguía tecleando.

–En Nueva York son las nueve de la mañana, y mi cliente necesita ayuda ahora mismo.

–Pero si es sábado…

Owen ni siquiera la miró.

–En mi profesión no existen los fines de semana.

¿Pero y la boda?, habría querido preguntarle ella. Se sintió desolada de pensar que al final tendría que ir sola, pero no iba a recordárselo. Probablemente Owen había bebido demasiado y ya ni se acordaba. Seguramente ni siquiera había dicho en serio lo de ser su acompañante. El problema era que su familia pensaba que iba a ir acompañada. Parecía que iba camino de una nueva humillación.

Dobló las rodillas y las rodeó con sus brazos. «Afróntalo: ya te han humillado». Suerte que estaba oscuro y él no podría ver el rubor en sus mejillas.

Owen encontró su polo y se lo puso en silencio.

–Dame tu número –le dijo a Bella.

Estaba tomando las riendas. Él no iba a darle su número, pero estaba intentando hacer que se sintiese mejor, haciéndole creer que la iba a llamar. Como si eso fuese a ocurrir…

–Bella, dame tu número –la urgió él con prisa.

Era evidente que estaba ansioso por salir de allí.

Bella recitó las cifras de un modo mecánico y frío.

Owen lo anotó en su móvil, y mientras acababa de teclear le dijo:

–Te llamaré.

Incluso sonó sincero, pero Bella estaba segura de que no la llamaría.

Trece horas después, y sin haber dormido nada, Bella observaba a su hermana Vita y a Hamish caminando por la playa con unas sandalias de lo más cursis que dejaban unas huellas en la arena que decían «recién casados». Si al menos tuviera resaca podría haber aducido lo ocurrido la noche anterior a los efectos del alcohol. Podría haber dicho que estaba borracha como una cuba y que por eso había hecho lo que había hecho.

Y aunque estaba dolida, lo que le dolía no era la cabeza, sino el corazón. La verdad era que nunca antes había tenido una aventura de una noche. Había tenido novios que no le habían durado mucho, de acuerdo, sus tres novios entraban en esa categoría, pero nunca uno que hubiera durado menos de diez horas. Y no solo había cometido una estupidez, sino que la había hecho delante de toda su familia. ¿En qué había estado pensando?

Y allí estaba Celia, colgada del brazo de Rex, lanzándole miradas victoriosas a cada oportunidad. Gracias a Dios que Rex no había llegado hasta esa mañana y no había presenciado lo de la noche anterior. Y gracias a Dios también que su padre se había pasado la noche hablando de negocios con sus hermanos, pensó, rogando por que no se hubiera enterado de nada.

Sintió una punzada en el pecho al ver lo feliz que estaba su hermana pequeña. Tal vez Owen tuviera razón; tal vez estuviese algo celosa de ella. ¿Pero qué mujer no querría ser amada como lo era su hermana? Además, Vita parecía tenerlo todo. Contaba con la aprobación de su padre por haber escogido la misma carrera profesional que él y sus cuatro hermanos mayores, e incluso se había casado con uno de los socios de la compañía. Claro que también había que decir que se había esforzado mucho para obtener su título universitario y llegar donde había llegado. Y encima era una persona estupenda. Se merecía ser feliz.

Pero ella también se esforzaba. ¿Acaso no se merecía ella también ser feliz? ¿Y que la respetaran? De acuerdo, sí, estaba celosa. Debía ser maravilloso que un hombre la mirase como Hamish miraba a su hermana, tener la carrera que quería y también el amor. Ella no solo no había sido capaz aún de conseguir el trabajo que quería, sino que ni siquiera había sido capaz de tener una aventura que durara una noche entera.

¿De verdad había pensado Owen que se iba a creer que tenía que irse corriendo a trabajar a las tres de la mañana? ¿Un sábado? Probablemente había puesto la alarma de su móvil para que sonase a esa hora, y lo del cliente de Nueva York debía habérselo inventado para hacer su excusa más creíble. Y seguro que ese era su *modus operandi*: así conseguía escabullirse y evitar la incómoda escena de la mañana siguiente.

La mañana siguiente había sido horriblemente incómoda para ella. Y no solo por las miradas interrogantes de su hermana y de sus primos, que habían estado en el restaurante la noche anterior. No. Esa mañana había ido al edificio principal del complejo para preguntar en recepción dónde se alojaba Owen, y le habían dicho que no había registrado ningún Owen.

Y luego, cuando había ido a pagar la estancia, le habían dicho que alguien ya había pagado todos sus gastos. Había preguntado quién había sido, pero había pagado en efectivo, no con tarjeta, por lo que no tenían sus datos.

Había sido él; estaba segura. ¿Por qué diablos había hecho eso? ¿Estaba pagándole por haberse acostado con él?

Bella se levantó y se sacudió la arena del horrendo vestido de dama de honor. No iba a quedarse de brazos cruzados; no iba a seguir siendo el objeto de las burlas y la lástima de los demás. Y tampoco iba a compadecerse de sí misma. Había llegado el momento de actuar; las cosas tenían que cambiar.

Capítulo Cinco

En tres semanas y un día podían pasar muchas cosas. Podían tomarse decisiones que cambiasen la vida de una persona. Y Bella tenía muy claro que ya era demasiado tarde para arrepentirse. Finalmente había abandonado el nido, y había llegado el momento de averiguar si podía volar, aunque por el momento apenas conseguía sobrevivir a duras penas con lo que ganaba.

Después de aquel horrible fin de semana había abandonado el hogar paterno en Auckland y se había mudado a Wellington. No había tenido muchas dificultades para encontrar un pequeño apartamento. No había querido buscar compañeros de piso; estaba decidida a ser completamente independiente.

Por fin había recibido el empujón que necesitaba, aunque por desgracia no había sido la ambición de hacer realidad sus sueños, sino el hecho de que ya había sufrido demasiadas humillaciones. Si algún día volvía a ver a Owen tendría que darle las gracias. Había sido él quien le había dado ese puntapié en el trasero que la había hecho moverse.

Otro de los motivos por los que se había mudado era que no quería correr el riesgo de volver a encontrarse nunca con él. Con su mala suerte seguro que un día habría entrado en la cafetería de Auckland en la que había estado trabajando como camarera.

Ahora trabajaba en otra cafetería allí, en Wellington. También continuaba con su negocio como animadora infantil con fiestas para niños. Había recibido un par de recomendaciones de clientes de Auckland y había conseguido que la contrataran para una fiesta ese mismo día.

Algunos padres incluso le habían pedido su tarjeta al final. No era un trabajo del que presumir, pero se le daba bien. Lo malo era que en cada una de esas fiestas siempre tenía que haber un baboso, un tío del niño o la niña que celebraba el cumpleaños, al que parecía que le excitaba su disfraz de hada. El baboso de la fiesta de aquel día la había acorralado cuando estaba recogiendo su equipo.

«¿Me concedes un deseo, hada madrina? Cena conmigo esta noche», le había dicho. No era la primera vez que le pasaba. Y mientras pronunciaba esas palabras le había acariciado el brazo de un modo pretendidamente juguetón, pero a ella sus dedos le habían resultado tan desagradables como la piel de un reptil.

Se lo había quitado de encima como había podido, y se había dirigido hacia la puerta, despidiéndose con una sonrisa de los padres del niño del cumpleaños. Ya fuera de la casa había salido corriendo, porque lo había visto seguirla y estaba segura de que no se rendiría fácilmente.

Se había dado tanta prisa por subirse al coche para alejarse de allí que se le había enganchado una de las mangas en la puerta, y casi la había arrancado. El caso era que ahora llevaba ese lado del cuerpo del vestido medio colgando, con un hombro al descubierto.

Además, en esas últimas tres semanas había estado tomando más chocolate que de costumbre para ahogar sus penas, y el disfraz se le había quedado un poco justo. Pero le daba igual, había sido un día horrible y necesitaba más chocolate, así que se fue al supermercado más cercano, dejó el coche en el aparcamiento, y entró con su maltrecho disfraz de hada.

Normalmente no entraría en una tienda con esas pintas, pero estaba cansada y algo deprimida, así que tomó una cesta e ignoró las miradas de los otros clientes. ¿Qué, no habían visto nunca a una mujer hecha y derecha con un vestido de hada plateado, alas, un montón de maquillaje y brillantina?

Se gastaría los quince dólares que le quedaban en chocolate y otras cosas en las que ahogar su mal humor. Metió en la cesta varias tabletas de su chocolate favorito, y una tarrina de dos litros de helado del bueno. Podía permitírselo, siempre y cuando encontrara una botella de vino de cinco dólares. Claro que en aquel supermercado, que estaba en una zona residencial bastante exclusiva, tal vez eso fuera pedir demasiado.

Se dirigió al pasillo de las bebidas alcohólicas, y se puso a mirar los precios. Justo acababa de escoger una botella cuando una voz en su oído la sobresaltó.

–Y decías que no querías papeles de princesa…

Del susto, se le resbaló la botella de la mano y se estrelló contra el suelo. El vino se derramó, formando un charco a sus pies, y la botella quedó hecha pedazos.

Genial. Tenía que pasarle a ella. Bajó la vista al charco rojizo en el suelo, que estaba extendiéndose a una gran velocidad, para evitar las miradas de los demás clientes, y sobre todo la de… ¿Era realmente él?

–Perdona, no era mi intención asustarte.

Ya no podía seguir evitándolo. Alzó la vista, y sí, era él, allí de pie, a su lado. Tan increíblemente guapo como lo recordaba.

–Oh, no… –murmuró antes de darse cuenta de que lo había dicho en voz alta–. ¿Qué estás haciendo aquí? Yo creía que vivías en… –se quedó callada. En realidad no tenía ni idea de dónde vivía.

Había pensado que vivía en Auckland, pero ni siquiera sabía por qué. Nada de lo poco que él le había contado sobre sí mismo le había dado a entender eso.

Él se quedó mirándola un momento con el ceño fruncido, antes de ponerse en cuclillas para tomar el pedazo de la botella que tenía pegada la etiqueta con el nombre. Owen, si es que ese era su verdadero nombre, chasqueó la lengua y sacudió la cabeza.

–¿No me digas que sueles comprar esta porquería de vino?

–Es para cocinar –se inventó ella, poniéndose a la defensiva–. Para hacer estofado.

Él se incorporó y miró el resto de contenidos de su cesta. Enarcó las cejas.

–Pues menudo estofado debe salirte.

–Un estofado buenísimo –le espetó ella, tratando de no prestar atención al calor que sentía en las mejillas.

–Seguro que sí –murmuró él.

Estaba mirándola de un modo que por algún motivo la hacía sentirse culpable, y aquello la enfurecía, porque era él el que la había dejado después de aquella noche tan increíble. «No pienses en eso. No pienses en eso», se repitió como un mantra. Pero de pronto los recuerdos acudieron en tropel a su mente y lo vio desnudo, y oyó su risa seductora, y pensó en la calidez de su cuerpo.

Las mejillas le ardían. Los ojos de él descendieron, y Bella se acordó del estado de su vestido. Tiró un poco de la tela, sujetándosela al hombro con la mano. Era como si Owen estuviera acariciándola con la mirada.

51

–Te ha desaparecido la quemadura.

En ese momento ella tenía una sensación comple-tamente distinta, como si tuviera la piel en carne viva.

–Siento lo de la botella –añadió Owen señalando el charco y los cristales–. Yo la pagaré.

Bella apretó los labios.

–No, gracias –le dijo con aspereza–. No tienes por qué…

Pero él no estaba escuchándola. Se había dado la vuelta y estaba mirando las botellas alineadas en los estantes. Tomó una y la metió en la cesta de Bella.

–Creo que este vino te irá mejor para cocinar.

Ella le echó un vistazo y contrajo el rostro espanta-da. No podía permitirse un vino tan caro, pero tampoco iba a devolver la botella a su estante delante de él. Miró hacia un lado del pasillo, y vio a una empleada que se acercaba con un cubo y una fregona.

Owen le quitó la cesta de la mano.

–¿No necesitas nada más para tu estofado? –inqui-rió.

–Em… no.

Owen se giró sobre los talones y se dirigió a una de las cajas. Bella se quedó parada, viéndolo alejarse, presa del pánico. Estaba a punto de sufrir una nueva humillación. No quería usar la tarjeta de crédito para endeudarse más, y lo único que tenía eran esos quinces dólares. Tenía el cheque de la fiesta de cumpleaños que le acababan de dar, pero era domingo, y no podía ir a un banco para cobrarlo.

Sin embargo, de ninguna de las maneras iba a dejar que pagase él; otra vez no, se dijo siguiéndolo. Pero antes de que pudiera siquiera protestar, Owen puso las cestas de ambos en la cinta. En la de él había una bandeja con filetes de buey de primera, una bolsa de espinacas, y dos botellas de un vino tinto carísimo. No pudo evitar preguntarse si tendría una cita e iba a cocinar para ella. Y observó impotente cómo pagaba por los dos… con dos billetes nuevecitos de cien dólares. En metálico; cómo no. Luego, mientras guardaba el cambio en su billetera, se fijó en las tarjetas de crédito que tenía, y la sangre empezó a hervirle en las venas.

Owen no miró a Bella ni un segundo mientras pagaba, y resultaba difícil no hacerlo con ese vestido que llevaba puesto, con el hombro al descubierto.

Bella Cotton, la mujer que había frecuentado sus sueños cada noche durante las últimas tres semanas. Estaba furioso con ella, pero más furioso aún consigo mismo por no poder apartarla de su mente.

Y allí estaba de repente, tan hermosa que no pudo evitar revivir los recuerdos de aquella noche. Ella no parecía demasiado feliz de haberse encontrado con él. De hecho parecía tremendamente incómoda. Y debería estarlo, si tenía un poco de vergüenza, después de haberle dado un número de teléfono falso.

Su azoramiento no había hecho sino irritarlo aún más, y se había apoderado de él un perverso impulso de alargar lo más posible aquel encuentro y ayudarla, porque era evidente que Bella no quería que lo hiciera. Qué horrible para ella, tener que sufrir su compañía unos minutos más, pensó con sarcasmo, apretando los dientes.

Pues tendría que aguantarse. Tampoco él había querido pasarse las últimas semanas pensando en ella todo el tiempo, haber tenido que darse duchas frías cada noche por su culpa. Había llegado a obsesionarse con ella hasta tal punto que había acabado buscándola en el Google, como un amante despechado.

Había sido así como había descubierto que estaba allí, en Wellington, aunque no sabía por qué ni por cuánto tiempo, ni había esperado encontrársela allí, en el supermercado de su barrio. Y desde luego tampoco se había esperado verla vestida, o medio vestida, de esa guisa. Ni que volviera a sacudirlo por dentro aquella ráfaga de deseo, porque estaba furioso con ella... ¿o no?

Sí, era como un amante despechado. Quería saber por qué lo había hecho.

Owen se dirigía ya hacia la salida, y no la había mirado ni una sola vez mientras pagaba la compra de los dos; ni siquiera para preguntarle si ella estaba de acuerdo. Se había limitado a pagar por todo, separándolo en distintas bolsas, y en ese momento se alejaba con ellas hacia el aparcamiento. Bella no tuvo más remedio que seguirlo, más furiosa a cada paso que daba.

No podía arrancarle la bolsa de la mano, no delante de todo el mundo. Bastante había hecho ya el ridículo en aquel supermercado, entrando con esas pintas y estrellando una botella de vino contra el suelo.

Su coche, un viejo Bambini azul cielo con lunares de colores, estaba aparcado en la primera fila. Se detuvo junto a él, preparándose para la reacción de Owen. Él, al ver que se había parado, se volvió y se quedó mirando el vehículo con una expresión de desagrado que la hizo ponerse aún más a la defensiva.

—Se llama Burbujas, y a los niños les gusta.

—¿A qué niños?

–Aparte de trabajar como camarera también soy animadora infantil y organizo fiestas para niños.

La gente normalmente se reía cuando se lo contaba. En fin, no era la clase de trabajo al que nadie aspiraba, y le restaba seriedad, especialmente de cara a su familia, que pensaba que aquello era una pérdida de tiempo.

Owen asintió despacio.

–Por eso llevas ese vestido plateado.

–Y las alas –añadió ella–. Es un disfraz de hada, no de princesa.

Se hizo un silencio incómodo.

–¿También haces fiestas para adultos?

Bella frunció el ceño.

–Es la tercera vez que me preguntan hoy eso –masculló–, y estás a punto de recibir la contestación maleducada.

Owen sonrió, y Bella sintió que estaba a punto de derretirse, pero solo «a punto», porque seguía furiosa con él. Se volvió hacia su coche y abrió la puerta. Luego se giró hacia Owen y extendió la mano para que le diera su bolsa. Él se la entregó sin decir nada.

–Gracias –murmuró Bella.

Se metió en el coche, poniendo fin a la conversación, y giró la llave en el contacto. Nada. Volvió a intentarlo, ordenando al coche mentalmente que se pusiese en marcha. El motor hizo un ruido quejoso, y a Bella se le cayó el alma a los pies. ¿Habría acabado con su pequeñín el trayecto desde Auckland? Volvió a intentar arrancarlo una vez más, pero solo se oyó de nuevo ese ruido quejoso.

Owen golpeó la ventanilla con los nudillos, y ella la bajó a regañadientes.

–¿Algún problema?

Bella lo ignoró; estaba mirando el indicador de la gasolina. La flecha indicaba que el depósito estaba seco; ni una gota. Estúpida, estúpida, estúpida… ¿cómo no se había dado cuenta de que le quedaba tan poca gasolina? Sin embargo, se sintió aliviada de que solo fuera eso. Estaba muy encariñada con su viejo coche; hasta lo había pintado ella misma.

Inspiró profundamente. Podía mantener su dignidad al menos un par de minutos, ¿no? Salió del coche.

–Me había olvidado de algo –dijo.

Y fue entonces cuando recordó aquella lucecita que había visto parpadear en el salpicadero… ¿Cuándo había sido? ¿El día anterior?

–¿De qué? –inquirió él.

–De la gasolina.

–Ah.

Owen reprimió una sonrisilla, giró la cabeza, y se puso a pasear la mirada por el aparcamiento, obviamente tratando de contener la risa. Cuando hubo controlado el impulso, la miró y le dijo:

–Pues la gasolinera más próxima está…

–Em… no, gracias, primero iré a casa –lo interrumpió Bella.

Ni de broma quería tenerlo a su lado cuando comprase una garrafa de gasolina de cinco dólares para poder llevar su coche a casa hasta que pudiera cobrar el cheque y llenar el depósito.

Después de aquello tendría que alimentarse a base de latas de alubias y pan duro durante unos cuantos días, aunque no le iría mal teniendo en cuenta lo ajustado que se le había quedado el disfraz de hada.

–¿Vives muy lejos de aquí?

–No mucho.

A unos veinte minutos andando. Bueno, treinta con las manoletinas de ante y lentejuelas que llevaba.

Se hizo un silencio entre ambos y, al cabo, él le dijo:

–Si quieres puedo llevarte.

El tono un tanto burlón que rezumaban sus palabras la molestó. ¿Llevarla? Ah, no. Ni hablar; podía arreglárselas sola.

Llamaría al servicio de asistencia para que fueran a recogerla y se llevaran el coche. Claro que era su padre quien le pagaba el servicio de asistencia, y se negaba a volver a recurrir a él una vez más. No, ahora era independiente. Su familia no la tomaría en serio hasta que no les demostrase que podía valerse por sí misma. Frunció el ceño; tendría que volver a casa andando.

–Deja que te lleve a casa y no discutas, Bella –le dijo él en un tono suave–. No es molestia.

Ella lo miró con los ojos muy abiertos, sorprendida por esa amabilidad inesperada, desprovista de sarcasmo.

–Gracias –musitó a regañadientes, y cerró la puerta del coche.

El coche de Owen era un deportivo reluciente y carísimo. Bella no entendía mucho de coches, pero por la insignia del capó, con un caballo negro encabritado sobre un fondo amarillo, sabía que era caro. Cuando Owen utilizó su llave para abrir el coche, y la mitad del techo del vehículo se levantó, dio un respingo.

–Qué cosa más ridícula –masculló lanzándole una mirada sarcástica.

–No, Bella, eso es ridículo –replicó él, señalando su Bambini.

Ella se agachó para entrar en el vehículo y paseó la vista por el moderno interior, al tiempo que intentaba convencerse de que el asiento no era mucho más cómodo que el de su vieja chatarra.

Owen se sentó al volante, y cuando giró la llave en el contacto el motor se encendió con un suave rugido.

–Te presento a Enzo –le dijo–. Lo más parecido a un coche de Fórmula Uno que puedes conducir por la ciudad.

–¿Ah, sí? –respondió ella. ¿Se suponía que eso era algo grandioso?

Él ignoró su aparente falta de interés.

–Me gusta la velocidad.

Bella puso los ojos en blanco y le dio su dirección. Cuanto antes llegara a casa y lo perdiera de vista, antes podría olvidar aquel día, a él, y seguir con su vida.

Por el coche de bomberos aparcado frente a la casa de dos pisos en la que vivía de alquiler, Bella debería haber intuido que algo no iba bien. En su vida nada salía bien. Siempre tenía que ocurrirle alguna catástrofe. Como ir vestida con un disfraz de hada con un desgarrón en la manga, y encontrarse en el supermercado con el tipo con el que se había acostado la noche anterior al día de la boda de su hermana.

–Parece que ha pasado algo –murmuró él calmadamente mientras aparcaba.

Bella se quedó mirando el coche de bomberos y un sentimiento de aprensión creciente la invadió, segura de que aquello tenía que estar relacionado de algún modo con ella.

–Bueno, sea lo que sea probablemente no sea nada grave –añadió él, como si estuviera pensando lo mismo que ella.

Quizá debería llevar un cartel de neón en la cabeza que dijese: «peligro, idiota propensa a los accidentes».

Había un pestazo horrible a quemado cuando se bajaron del coche y se acercaron. La pareja que vivía en el piso de abajo estaba en la acera, charlando con un par de bomberos.

Cuando la vieron llegar se quedaron callados, y sonrieron con muy poco disimulo. Bella recordó entonces el disfraz roto que llevaba puesto y se llevó una mano al pecho para sujetar el escote que se caía. Vaya una entrada triunfal...

—Se dejó usted encendido uno de los quemadores de la cocina —le dijo uno de los bomberos, dando un paso hacia ella.

Bella palideció. ¿Que había hecho qué?

—Creo que estaba cociendo huevos.

Oh, mierda. Los huevos... Faltaba poco para que caducaran, y no quería que se echaran a perder, así que había decidido cocerlos mientras se vestía para ir a trabajar..., y con las prisas se había olvidado por completo de ellos.

—Han tenido que romper la puerta porque no teníamos llave de tu apartamento —intervino su vecina.

Bella subió las escaleras seguida de Owen, y casi le dio un ataque al ver la puerta medio descolgada del marco y destrozada por los hachazos de los bomberos.

Tendría que hacer un montón de horas extra en la cafetería para poder pagar el arreglo de los desperfectos. Entró y miró desolada a su alrededor. El saloncito del minúsculo apartamento y la cocina estaban llenos de tizne del humo, y el olor era insoportable. Durante dos semanas había sido su santuario, su pequeño bastión de independencia, y lo había estropeado todo, otra vez, por culpa de su estupidez.

–No puedes quedarte aquí.

Bella, que se había olvidado de Owen por completo, dio un respingo al oír su voz detrás de ella.

Se giró y lo vio recorriendo el pequeño apartamento con la mirada. Probablemente estaría pensando que era un sitio cochambroso, pero cuando sus ojos se posaron en ella, había una preocupación evidente en su rostro. Bella no quería que sintiera lástima por ella.

–¿Tienes algún sitio donde ir? –le preguntó Owen.

Bella bajó la cabeza. Lo último que quería era recurrir a su familia. Podría irse a un motel, pero no tenía dinero. No, tendría que adecentar el apartamento como pudiera y quedarse allí.

–Yo tengo una habitación libre en mi casa –le dijo Owen, dando un paso hacia ella.

Bella alzó la vista.

–Anda, mete lo que necesites en una bolsa y salgamos de aquí –añadió él, como quitándole importancia al asunto–. Puedes volver mañana; al menos se habrá ido un poco el olor.

Ella se quedó mirándolo irritada. Había sido un día horrible y muy largo, y encontrarse con aquello al llegar a su apartamento había sido la última gota que colmaba el vaso. Por irracional que fuera, no pudo evitar pensar que la culpa de todo la tenía él.

–¿Te llamas siquiera Owen de verdad?

Él la miró perplejo.

–Pues claro. ¿Por qué me preguntas eso?

–Porque pregunté por ti en la recepción del hotel –le respondió ella, demasiado enfadada como para preocuparse de lo que pudiera darle a entender esa confesión–, y me dijeron que no había ningún Owen alojado allí.

Él se quedó callado un momento. Parecía algo incómodo.

–Y te dijeron la verdad. No estaba alojado en el complejo turístico... porque tengo una casa cerca de allí.

¿Una casa? Una casa en la isla de Waiheke debía costar una fortuna. ¿Quién diablos era aquel tipo en realidad?

Owen apartó la vista y fue hasta la ventana.

–Sin compromisos ni ataduras, Bella –le dijo–: Te estoy ofreciendo un sitio donde quedarte un par de días hasta que tengas esto solventado.

Bella no sabía qué hacer. La verdad era que no tenía demasiadas posesiones personales, así que no le llevaría más de cinco minutos meter unas cuantas cosas en una bolsa de viaje. Además, si aceptaba su ofrecimiento, podría ocultarle aquella catástrofe a su familia. Se tragó el poco orgullo que le quedaba, y le preguntó:

–¿Seguro que no te importa?

–Seguro –respondió él encogiéndose de hombros, como si no fuera nada–. Trabajo muchas horas al día, así que apenas notaré que estás allí.

Bella se sentía humillada por tener que aceptar la ayuda de un hombre que la había dejado tirada después de acostarse con ella, pero o recurría a él, o a su familia, y ya que con él había perdido toda su dignidad, lo escogió a él.

–De acuerdo.

Owen no pudo reprimir una sonrisa, pero salió del pequeño apartamento y bajó, dejándola a solas para que recogiera sus cosas.

Mientras Bella metía algo de ropa en una bolsa no podía apartar de su mente aquella sonrisa seductora. Solo sería una noche, pensó; dos a lo sumo. No iba a llevarse lencería sexy, se dijo, no iba a llevarse lencería sexy… Pero de algún modo acabó metiendo también en la bolsa unas cuantas prendas de lencería negra.

Capítulo Seis

¿Cómo era eso que solía decirse? «No hay dos sin tres». Eso era lo que le había pasado a ella aquel día: primero lo del disfraz, luego lo de la botella de vino, y después lo del incendio en su apartamento. ¿Qué más podía salir mal?

—¿Necesitas llamar a alguien? —le preguntó Owen, mientras le abría la puerta del coche.

Ella sacudió la cabeza.

—Ya me ocuparé de eso luego.

—Bien. Pues entonces, vámonos.

Bella se recostó en su asiento y trató de relajarse mientras Owen ponía rumbo al centro de la ciudad. Apenas tardaron unos minutos en llegar a lo que parecía su destino, un antiguo polígono industrial con naves que antaño habían sido almacenes, pero que habían sido reconvertidas en restaurantes, tiendas y viviendas.

Owen detuvo el coche frente a una de aquellas naves. Estaba flanqueada por un restaurante y una boutique de ropa de firma, pero en la planta baja de la nave frente a la que se habían detenido no parecía que hubiera nada. No se veía luz en las ventanas.

Owen bajó la ventanilla y marcó un código de seguridad en un panel colocado sobre un pequeño poste de metal. La enorme puerta de la nave se abrió, y entraron. El espacio, tenuemente iluminado, parecía vacío en su mayor parte, salvo por una bicicleta de montaña y algunas máquinas de *fitness*, lo que hizo que Bella pensara automáticamente en los músculos de Owen. A un lado había un ascensor, y unas escaleras.

–Mi apartamento está en el tercer piso –le dijo Owen cuando se bajaron del vehículo.

Tomaron el ascensor, y cuando llegaron a la tercera planta Owen tuvo que teclear otra clave en un panel que había en la pared, junto a la que supuso era la puerta de su apartamento.

Una vez dentro, a los ojos de Bella les llevó un momento acostumbrarse al cambio del paso de la escasa iluminación que había en el pasillo, a la luminosidad que inundaba el apartamento; un ático en realidad. Era inmenso. Suelos de madera, paredes de ladrillo, vigas de acero… La mitad del tejado estaba formado por claraboyas que dejaban pasar la luz natural.

Owen la condujo a la zona de la cocina, y Bella lo observó incómoda mientras él guardaba las cosas en la nevera.

–La mayor parte del apartamento aún está por arreglar y decorar –le dijo–. Cuando acabé con mi dormitorio y la cocina ya no tenía…

–¿Dinero? –sugirió ella esperanzada. No podía haber estado equivocada hasta ese punto respecto a él.

–Tiempo –respondió él con una leve sonrisa–. El trabajo me mantiene muy ocupado. Te enseñaré tu habitación.

Estaba en el extremo más alejado del salón. Había otras habitaciones siguiendo por el pasillo, pero a través de las puertas abiertas Bella pudo ver que estaban vacías. En la suya solo había una cama y una cómoda.

–Perdona que esté tan desnuda –se disculpó Owen. Bella sacudió la cabeza.

–Estoy acostumbrada a menos que esto.

–Te haré la cama.

–Puedo hacerlo yo –protestó ella. No quería que Owen permaneciera allí más de lo necesario.

Estaba cansada y se moría por darse una ducha y quitarse aquel disfraz.

–¿Te importa si utilizo el baño?

Los ojos de él brillaron de un modo travieso.

–Claro que no; sígueme.

Bella fue tras él, pero aminoró el paso al ver a través de una puerta abierta dónde se dirigía: otro dormitorio con una cama enorme y una decoración claramente masculina.

–Tendremos que compartir el baño; espero que no te importe.

–Em… no, claro que no –balbució ella.

Estaba en su dormitorio… De solo pensarlo se sintió acalorada. Habría querido preguntarle si la puerta del baño tenía pestillo, pero le pareció que sería como insultarlo. De pronto sus ojos se toparon con un vestidor donde había colgados un montón de trajes. Trajes… Cada vez estaba más confundida.

Owen había entrado en el baño, así que lo siguió, y al pasar al interior, tuvo que hacer un esfuerzo para no quedarse boquiabierta. Era precioso, tan elegante y decorado con tan buen gusto… La bañera era la más grande que había visto hasta entonces, y la ducha era tan amplia como para que cupieran en ella cómodamente dos personas. No pudo evitar imaginarlo a Owen allí dentro con ella.

–Tómate el tiempo que quieras –murmuró Owen, pasando tan cerca de ella que Bella se estremeció–. En esos estantes tienes toallas y todo lo que necesites.

Después de que Owen se marchara y cerrara tras de sí, Bella apoyó a espalda en la puerta, cerró los ojos y tragó saliva, conteniendo su excitación. Lo que necesitaba de verdad, lo que deseaba, acababa de salir.

Las pisadas de Bella resonaron en el suelo de madera cuando salió del baño y fue hacia la cocina. Había un olor delicioso en el aire. Owen estaba cocinando, y con la ropa informal que llevaba volvía a parecerse al hombre que la había cautivado aquella noche salvaje en Waiheke. Recordó el momento en que había sentido la firmeza de sus fuertes muslos entre los de ella, y fue como si se derritiera por dentro. Trató de recobrar la cordura. Aquel era el tipo que la había dejado tirada en mitad de la noche después de acostarse con ella.

Bella se acercó y se apoyó en la encimera para mirarlo. Owen estaba friendo verduras en un *wok*, al que añadió unos dados de carne de buey. En la cocina de vitrocerámica también había una cazuela en la que estaba hirviendo algo.

—Debes tener hambre —dijo Owen alzando la vista hacia ella.

Sí, se le estaba haciendo la boca agua, y no era la única parte de su cuerpo que se estaba poniendo húmeda. Dio un paso atrás.

—¿Cuántos vamos a ser? —le preguntó.

—¿Eh?

—Que cuánta gente va a venir a cenar. Con lo que estás cocinando podría comer un regimiento entero —respondió ella.

Owen se rio.

–Solo tú y yo.

–Verdaderamente eres un tigre –murmuró, volviéndose para mirar el salón, porque era un comentario que no quería que él oyera–. Entonces… ¿trabajas en el piso de en medio? –le preguntó, buscando un tema de conversación que no entrañara peligro.

–Sí –respondió él–. Aún no sé qué voy a hacer con la primera planta. Todavía no lo he decidido.

¿Podía permitirse dejar vacío indefinidamente un espacio tan inmenso? En aquella zona de la ciudad por alquilar un local de ese tamaño le pagarían una fortuna. Debía estar podrido de dinero, pensó, y se le cayó el alma a los pies.

¿Cómo podía haber estado tan equivocada con respecto a él? Probablemente cualquier otra mujer estaría encantada de descubrir que el hombre con el que había pasado una noche era un millonario. Para ella, sin embargo, aquel descubrimiento solo ponía de relieve su falta de criterio y el hecho de que no tenían nada que ver el uno con el otro.

Sin embargo, atraída como una polilla por la luz, no pudo evitar volverse de nuevo para observarlo. En ese momento Owen estaba vertiendo en el *wok* el contenido de un tarro de cristal sin etiqueta alguna, algo que olía de maravilla. Intrigada, le preguntó:

–¿Qué es eso?

Él esbozó una sonrisa traviesa.

–Un restaurante que hay al final de la calle me lo dio a escondidas.

–Pues huele fenomenal.

–Y sabe aún mejor –Owen le señaló un cajón con la cabeza–. Saca de ahí unos cubiertos y ponlos en esa bandeja, ¿quieres?

Bella se alegró de poder ocuparse con algo que la obligara a dejar de mirarlo.

—Bueno, ¿y cuánto llevas viviendo en ese apartamento? —le preguntó él.

—Dos semanas.

—¿En serio? —inquirió él girándose, con las cejas enarcadas.

—Me acabo de mudar aquí, a Wellington.

—¿Y por qué ese cambio?

—Para intentar hacer que mi carrera despegue —respondió ella, aunque de momento parecía que más que despegar se había estrellado.

—¿Cómo?

—Aquí hay teatros, y la industria del cine también está aquí.

—Y también hay muchas cafeterías —añadió él en un tono irónico.

Ella alzó la barbilla desafiante.

—Pues sí, también.

—¿Y por qué ahora? —inquirió Owen mientras servía la comida en dos platos.

Bella tenía tanta hambre que apenas podía concentrarse en lo que estaba diciendo.

—Porque era algo que tenía que hacer.

—¿Y ya has conseguido trabajo?

Bella asintió con la cabeza.

—Un empleo de camarera en una cafetería, y voy a empezar a presentarme a audiciones —le explicó.

Y ya había estado barajando a qué agencias de talentos iba a enviar su currículum. Esperaba que alguna de ellas aceptaría representarla. Solo era cuestión de seguir intentándolo y confiar en que la suerte le sonriera.

Owen puso los platos en la bandeja: tallarines salteados con espinacas y dados de ternera. A Bella se le hacía la boca agua. Owen colocó también una botella de vino tinto y dos copas en la bandeja y condujo a Bella por unas escaleras que ella no había visto hasta ese momento. Subían a la azotea.

El aire era cálido, y no hacía demasiado viento. En su mayor parte la azotea estaba vacía, pero había unas cuantas macetas con plantas alineadas a modo de seto que le daban algo de intimidad. También había una mesa con un par de sillas de madera, y un pequeño «huerto» urbano de macetas con hierbas aromáticas y tomateras. Las vistas de la ciudad desde allí arriba eran magníficas.

Owen apoyó la bandeja en el borde de la mesa, y colocó sobre ella los platos y las demás cosas, con tanta destreza como si lo hubiera hecho docenas de veces. ¿Con cuántas mujeres habría cenado en su azotea? Desde luego era el escenario perfecto para seducir a una mujer. Pero a ella no la seduciría; otra vez no.

Sin embargo, cuando se sentaron, las piernas de él estaban tan cerca de las suyas que no pudo evitar pensar que con solo estirarse un poco ya se rozarían. Notó que sus mejillas se teñían de rubor, y tomó un sorbo de vino para disimular su azoramiento.

–He pensado que podría llamar a un taller de reparación para que recojan tu coche, y hacer que te cambien los neumáticos si lo ven necesario. Un par de ellos parecían un poco gastados.

A Bella de repente el sorbo de vino que tenía en la boca le supo amargo. Tragó con dificultad. No podía permitirse unos neumáticos nuevos, y lo último que quería era deberle aún más dinero. Su orgullo podía

aceptar pasar una o dos noches en su casa, pero nada
más.

—Preferiría que no lo hicieras —le dijo, tratando de
mostrarse lo más digna que pudo—. Puedo encargarme yo.

Estaba harta de las intromisiones de los demás, de
que todo el mundo tratara de organizar su vida, como si
pensasen que no era capaz de hacer nada por sí misma.
Como si pensasen que todas las decisiones que tomaba
eran equivocadas.

Él no respondió en un primer momento, sino que
tomó un sorbo de vino y lo saboreó mientras la observaba en silencio.

—Bueno, al menos deja que llame para que te lo trai-
gan; si lo dejas en el aparcamiento del supermercado
será una presa fácil para los gamberros.

Bella se mordió el labio. Tenía razón. Estaba muy
encariñada con Burbujas, y detestaría que se lo destro-
zasen unos vándalos. Además, en ese momento recordó
que tenía en el maletero todo su equipo para las fiestas
de cumpleaños. Otra vez más volvía a encontrarse con
que no podía rehusar su ayuda.

—De acuerdo —capituló en un murmullo—. Gracias.

Probó la comida y comprobó que tal y como había dicho Owen la salsa era deliciosa. Sin embargo, no
estaba disfrutando la comida del todo. El silencio se
estaba volviendo cada vez más incómodo, y aunque sabía que debería intentar decir algo, no sabía qué decir.
Era como si hubiese un elefante enorme subido en la
mesa que los dos estaban tratando de ignorar. ¿Qué se
suponía que haría una mujer sofisticada en su lugar?,
¿cómo podía fingir indiferencia cuando tenía enfrente
al hombre con el que había compartido la experiencia
sexual más increíble de toda su vida?

La verdad era que quería volver a hacerlo con él, pero Owen se había marchado tan deprisa aquella noche, y ahora que estaba viéndolo allí, en su ambiente, tenía la sensación de que no tenía nada que ver con el hombre que había creído que era. Le parecía que pertenecían a mundos diametralmente opuestos, y a juzgar por el modo cortés pero distante en que él la estaba tratando, estaba empezando a pensar que había perdido su interés en ella.

Owen apoyó el tenedor en su plato y la miró.

–Bueno, cuéntame cómo fue la boda.

Bella también dejó su cubierto en el plato. De modo que no lo había olvidado… ¿Recordaría también que se había ofrecido a ser su acompañante?

Se encogió de hombros.

–¿Qué quieres que te cuente?

Owen tomó de nuevo su tenedor y trató de concentrarse en la comida. Era justo como aquella noche en Waiheke: con solo una mirada a Bella ya estaba deseando llevársela a la cama.

Se había marchado después de que lo hicieran, sí, pero había sido por una razón importante. El trabajo era su prioridad absoluta. Además, luego, solo unas horas más tarde, cuando había intentado llamarla para disculparse por haberla abandonado y faltar a su promesa de ser acompañante en la boda, se había encontrado con que le había dado un número que no era el suyo. Lo había herido en su orgullo. Le había dado el número de una empresa de jardinería, Servicios de Jardinería Tony.

Dolido, había decidido que era lo mejor; dejarlo simplemente como algo de una noche. Era lo que quería: sexo sin complicaciones, sin chantajes emociona-les para conseguir parte de su dinero.

—Pues no sé, ¿te divertiste? —le preguntó a Bella.

Quería ver si mencionaría lo del número falso, si se disculparía, pero en vez de eso estaba mirándolo como si fuese él el que debería estar avergonzado por algo. Pues lo sentía por ella, pero él no lo veía así.

Sin embargo, tampoco quería apretarle las tuercas demasiado. Esperaría el momento oportuno, porque también quería averiguar si aún quedaba en ella al-gún rescoldo de deseo. Si era así, lo avivaría. Quería que mostrase abiertamente que lo deseaba, que no lo ocultase, porque en ese preciso instante sería cuando atacaría. Y cuando hubiese oído sus razones y Bella se hubiese disculpado, la haría suya.

Dudaba que fuera a ser tan increíble como la pri-mera vez, porque aquello parecía sencillamente impo-sible, pero sería divertido, y tal vez al fin conseguiría sacarse a Bella de la cabeza y dormir un poco.

—Pues la ceremonia fue muy bonita —contestó ella en un tono resignado—, la comida de exposición, el marco era incomparable…

Y la dama de honor principal preciosa, pensó Owen. De eso estaba seguro.

—¿Y qué tal con tus familiares?

Ella esbozó una sonrisa amarga.

—Como cabía esperar.

—Así que no te divertiste.

Bella contrajo el rostro.

—En algunos momentos estuve bastante a disgusto, pero no estuvo mal del todo.

—¿Y el novio contaba con la aprobación de tu fami-lia? —le preguntó Owen.

Tenía la impresión de que en la familia de Bella contar con la aprobación del resto del clan era algo muy importante.

—Oh, sí —respondió ella al instante—. Hamish es un buen tipo, y adora a mi hermana. La hace feliz. Aunque no es ese el motivo por el que mi padre se alegra de que se haya casado con él.

—¿Ah, no? —inquirió él curioso—. ¿Entonces, cuál es?

Bella puso los ojos en blanco.

—Pues su dinero. Al final todo se reduce a eso. Hamish estudió en la universidad adecuada, tiene el trabajo adecuado, conduce el coche adecuado, vive en el barrio adecuado… Todo eso cuenta; es la medida del éxito.

Éxito, ¿eh? Owen pensó en el pequeño y cochambroso apartamento donde Bella vivía de alquiler, su coche viejo, el vino barato que iba a comprar cuando se la encontró en el supermercado… y sintió compasión por su padre.

—Tal vez solo quiere asegurarse de que no tendrá que vivir con estrecheces.

Bella resopló.

—Ya, y le daría igual que fuera a casarse con un imbécil. Con tal de que encajara en su perfil todo lo demás no le importaría nada.

Owen intuyó por sus palabras que estaba dolida con su padre por algo.

—Déjame adivinar… tuviste un novio que no estaba a la altura de sus expectativas.

—En realidad no. Era exactamente la clase de novio que mi padre quería para mí.

Owen sintió una punzada de celos.

—¿En qué sentido?

—Lo tenía todo —respondió ella, y fue contando con los dedos mientras enumeraba—: era contable, un hombre de éxito, tenía coche, apartamento, se le dan bien los deportes, el bricolaje… Toda mi familia lo adoraba.

—¿Y entonces?

—Quería que me vistiera de un modo más… conservador.

Owen se quedó mirándola, y a duras penas contuvo la risa. No podía imaginarse a Bella, que parecía una hippie con la blusa y la falda casi hasta los pies que llevaba, accediendo a cambiar su forma de vestir o de ser por nadie.

Ella misma se lo confirmó cuando alzó la barbilla desafiante y dijo:

—No consiento que nadie me diga cómo tengo que vestirme.

—¿Y ese era todo el problema? —inquirió él.

—Eso fue solo el comienzo —replicó Bella pinchando un trozo de carne—. No podría estar con alguien que quiere cambiarme o que sea algo que no soy.

Le parecía razonable. Además, aquel tipo debía haber estado ciego para no darse cuenta de que para Bella el expresar su individualidad era algo tan necesario como el aire que respiraba.

—¿Y qué fue de él?

—Fue el padrino en la boda.

Owen la miró boquiabierto.

—¿Me tomas el pelo?

Bella sacudió la cabeza.

—Es el mejor amigo de Hamish —le explicó—. Pero no me importó ni nada —añadió, con una sonrisa forzada—, porque probablemente llegará a ser parte de la familia. Está saliendo con Celia.

–¿Con tu prima Celia? –inquirió Owen, sintiendo como un escalofrío le recorría la espalda.

¿Se había dejado Bella seducir por él? ¿Lo había hecho por despecho, porque quería demostrar a su exnovio que no lo necesitaba? ¿Para darle en las narices a su familia? En parte había sabido que había sido una especie de pequeña venganza inocente que él había alentado, y le había divertido ayudarla a consumarla, pero había pensado que la pasión que había demostrado en la cama había sido auténtica.

¿Podía ser que se hubiera acostado con él movida solo por el orgullo y por ese afán de revancha? Si era así, no era de extrañar que no hubiera querido volver a saber nada de él, y eso explicaría por qué le había dado un número de móvil falso.

Apretó el tenedor en su mano. Tal vez no fuera a aguardar pacientemente a que llegara el momento adecuado, se dijo, quizá le cantaría las cuarenta en ese preciso instante por lo que había hecho.

Pero Bella siguió hablando.

–Están todos encantados con él porque es un tipo estupendo –dijo–, pero se sienten mal por mí, lógicamente. En fin, piensan que debe ser duro para mí verlo con mi prima después de que me rompiera el corazón, pero se enamoró de Celia, y salta a la vista que están hechos el uno para el otro.

Owen se quedó mirándola porque no estaba seguro de si estaba siendo sarcástica o no, pero entonces vio el brillo travieso en los ojos de ella, y se echó a reír.

–Lo sé, tiene gracia –dijo Bella con una sonrisa–, pero es que todos creen que fue él quien rompió conmigo. No se pueden creer que fuera yo quien lo dejara a él. El que alguien como yo pudiera dejar escapar a un «partidazo» como él es algo que va más allá de su comprensión.

Owen se sintió inmensamente aliviado de saber que había sido ella la que había dejado a aquel idiota.

–¿Y tanto importa lo que piensen?

–Tal vez no debería importarme –murmuró Bella bajando la vista a su plato vacío–, pero lo cierto es que sí me importa.

–¿Por qué?

–No sé, simplemente quiero que me respeten –respondió ella–. Quiero que respeten lo que hago.

Mientras volvían abajo Owen iba pensando en la conversación que había tenido. Comprendía cuál era su problema. Para una familia conservadora como la de Bella debía ser difícil respetar a alguien que se ponía un disfraz de hada y conducía un coche llamado Burbujas.

Luego, cuando estaba fregando los platos con Bella de pie a su lado, con la espalda apoyada en el borde de la encimera que tenía detrás, le preguntó:

–Bueno, ¿y al menos tuvo algún momento bueno el día?

Bella se quedó pensativa un momento, y de pronto esbozó una sonrisa auténtica y radiante que hizo que se le cortara el aliento.

–Sí, ver a mi hermana tan feliz.

Por la expresión en el rostro de Owen, Bella supo que lo había sorprendido. Se sentía algo incómoda por todo lo que le había contado. Lo último que quería era dar la imagen de una chiquilla quejica que aprovechaba la primera ocasión para criticar a su familia por no tomarla en serio.

Y tampoco había sido su intención ponerse a hablar de su exnovio, Rex. Celia podía quedárselo; le daba igual. No era su tipo. Y por lo que estaba viendo, Owen tampoco. Al fin y al cabo la gente como él, con éxito y con dinero, solía ser conservadora, y la gente conservadora por lo general no solía entenderla. No le extrañaba que aquella noche hubiese huido de ella, ni que en esos momentos estuviese comportándose de un modo tan distante con ella. Y desde luego no iba a ponerse en ridículo lanzándose sobre él como una loba hambrienta. Simplemente se mostraría correcta y educada.

—Bueno, creo que me voy a la cama. Estoy agotada —dijo—. Ha sido un día muy largo.

Owen, que estaba colocando las cosas en el escurre-platos, se secó las manos y la miró.

—Lo imagino —murmuró él.

El tono amable de su voz le recordó a Bella el que había empleado aquella noche, semanas atrás en Waiheke, mientras bailaban.

Con el corazón palpitándole con fuerza, Bella se dio la vuelta para irse a su habitación, pero se detuvo. Acababa de proponerse ser educada, y en cambio estaba comportándose como una desagradecida. Owen había sido tan amable con ella… No le había echado un sermón, ni se había reído de ella como habría hecho su familia. Simplemente la había ayudado a salir de los apuros en los que se había encontrado, uno detrás de otro, sin decir nada al respecto.

Se giró hacia él y le dijo:

—Owen, yo… gracias.

Él dio un paso hacia ella y puso un dedo en sus labios para imponerle silencio.

—Déjalo, no hace falta que me des las gracias; no ha sido nada.

Bella se quedó paralizada como una estatua, hechizada. Pensó en cómo se habían fundido sus cuerpos aquella noche en Waiheke, lo agradable que había sido sentir su piel desnuda contra la de ella, y cómo deseaba volver a experimentar todo aquello.

El bajó la vista a sus labios mientras sus nudillos descendían en una caricia por su barbilla y la curva de su cuello hasta detenerse en la base para abrir un poco más el cuello de su blusa.

–¿Este tatuaje es nuevo?

¿Qué? Oh, el unicornio…

–No es un tatuaje de verdad –respondió en un susurro, aunque no sabía por qué estaba susurrando–. Es un tatuaje falso que me pongo siempre para las fiestas. También le pongo a los niños. Es parte de mi… ritual mágico de hada.

Owen lo acarició suavemente con la yema del pulgar y en sus labios se dibujó una sonrisa. Luego dio un paso atrás y le dijo:

–Que descanses.

Bella sintió una punzada de decepción. Parecía que no se había equivocado; ya no estaba interesado en ella.

Capítulo Siete

Owen se echó hacia atrás en su sillón mientras dos miembros de su equipo de programación discutían acaloradamente. Tenían una reunión con un cliente dentro de una hora, y tenían que tomar una decisión. Los dos estaban intentando convencerlo de sus respectivas posiciones, pero él no estaba escuchándolos.

No había visto a Bella marcharse aquella mañana, aunque imaginaba que debía tener el primer turno en la cafetería y habría salido temprano. Por lo menos sabía que iba a volver porque se había dejado el disfraz de hada; por culpa del disfraz había tenido un sinfín de fantasías eróticas aquella noche; colgado sobre el respaldo de un sofá.

El disfraz era tan recatado que ningún padre le pondría objeción alguna, pero al ver a Bella con él el día anterior le había parecido que estaba increíblemente sexy, y se le había hecho la boca agua. No le extrañaba que le preguntasen si hacía fiestas para adultos.

De pronto se dio cuenta de que se había hecho un silencio sepulcral, y que todos estaban mirándolo. Sin embargo, enseguida se dio cuenta de que no se habían callado por su falta de atención, y que tampoco era a él a quien estaban mirando, sino algo que había detrás de él.

Se volvió, y se alegró de estar sentado, porque al instante la bragueta del pantalón se le puso espantosamente tirante. Si hubiera estado de pie, todos sus empleados se habrían dado cuenta del efecto que Bella tenía sobre él.

Estaba de pie detrás de él, a solo unos pasos, y la puerta de su dormitorio estaba abierta, como si acabara de salir por ella. Llevaba una camiseta blanca vieja que le quedaba grande, aunque el dobladillo apenas le cubría hasta las rodillas. Tenía puestos unos auriculares y en su mano sostenía un pequeño reproductor de mp3. A pesar de que estaba a unos pasos de ellos, como todos se habían quedado callados, podía oírse levemente el sonido de la música que estaba oyendo.

Owen recobró al fin la capacidad de movimiento, y al echar un vistazo a la mesa vio las sonrisillas maliciosas de sus empleados. Giró de nuevo la cabeza hacia Bella, que se había quedado como petrificada, con los ojos muy abiertos, y esta balbució una disculpa antes de darse la vuelta y alejarse de regreso al dormitorio a toda prisa.

Al girar sobre los talones sus senos habían rebotado, haciendo evidente lo que Owen ya se había imaginado: no llevaba sujetador. De hecho, probablemente no llevaba nada debajo de aquella camiseta. La siguió con la mirada, sorprendiéndose de que, no siendo muy alta, tuviese unas piernas tan largas. Aquel pensamiento le hizo recordar la noche en Waiheke, en que esas mismas piernas le habían rodeado la cintura...

Volvió la cabeza hacia su equipo.

–Un segundo, chicos –les dijo.

Giró el sillón para que al levantarse estuviera de espaldas a ellos, y fue tras Bella apretando los dientes y rogando por ser capaz de mantener sus hormonas bajo control.

Cuando entró, Bella estaba en el otro extremo del dormitorio, pero se giró cuando oyó abrirse la puerta. Owen cerró tras de sí y miró a su alrededor para ganar un poco más de tiempo y poder poner a raya a sus hormonas, pero el ver la cama deshecha no lo ayudó en lo más mínimo.

–Lo siento –murmuró Bella, que aún estaba más roja que un tomate–. Estaba con los auriculares puestos y no os oí.

–Es culpa mía; debería haberte avisado de que a veces tenemos reuniones en esta planta, pero creía que te habías ido.

Se moría por levantarle la camiseta y averiguar si además de no llevar sujetador, tampoco llevaba braguitas. Al bajar la vista vio que los pezones se le marcaban bajo la camiseta. Lo que daría por besar y tomar en sus manos aquellos senos blandos y gloriosos, como había hecho aquella noche mágica en Waiheke…

Sabía que tenía que volver a la reunión, pero el deseo de acorralarla contra la cama y hacerla suya una vez más era casi irresistible. No le llevaría más de unos minutos con lo excitado que estaba. Sería rápido e intenso… pero no bastaría para satisfacer su sed de ella. No, quería pasarse toda una noche haciéndole el amor.

–Me marcharé en un momento –murmuró Bella.

Owen asintió, y haciendo acopio de toda su fuerza de voluntad, se giró sobre los talones y regresó a la reunión.

Cuando Bella volvió a salir del dormitorio fue ya vestida, con unos pantalones negros y una blusa blanca que suponía debía ser su uniforme de trabajo. Owen se levantó y la acompañó a la puerta, protegiéndola de las miradas curiosas de sus empleados.

–¿Vas a la cafetería? –le preguntó, simplemente por conversar un poco, por retenerla allí unos minutos más.

Bella asintió sin mirarlo, visiblemente ansiosa por huir.

–Pero si no has desayunado.

–Ya tomaré algo allí –respondió Bella, y se marchó antes de que a él se le ocurriera alguna otra tontería que decir.

Owen no sabía cómo iba a hacerlo, pero tenía que volver a ganársela.

Después del trabajo, Bella había vuelto al apartamento de Owen para encontrarse con que este había salido, y se había sentado en la mesa del salón a intentar coserle la manga al disfraz. La había llamado la madre de un niño que había ido a la fiesta del día anterior. Quería organizarle una fiesta de cumpleaños a una sobrina de cuatro años, y le había preguntado si podía contar con ella. ¿Cómo podría haberle dicho que no cuando necesitaba el dinero?

Lo malo era que tenía que conseguir arreglar el disfraz. El día que se había encontrado con Owen en el supermercado y se le había caído la botella de vino, se le había manchado el dobladillo del vestido, pero por más que había frotado, no había logrado sacarle las manchas. Si al menos pudiera coserle la manga…

En ese momento Owen llegó a casa. Bella lo siguió con la mirada cuando, después de saludarla con una breve sonrisa, se dirigió a la cocina. Parecía que había ido a correr porque llevaba puesta una camiseta, unos pantalones cortos de deporte, y zapatillas. Estaba sudoroso y jadeante, y Bella lo observó fascinada mientras tomaba un largo trago de la botella de agua que había sacado de la nevera.

El pulso se le aceleró, y volvió a bajar la vista al disfraz. Owen se le acercó.

–¿No consigues arreglarlo?

«¿Tú qué crees?», le entraron ganas de decirle. Estaba empezando a desesperarse, porque necesitaba el disfraz para trabajar. No podía permitirse comprar uno nuevo, ni tampoco llevar ese a que se lo arreglaran. Por eso tendría que hacerlo ella misma, le llevase el tiempo que le llevase.

–Deja que pruebe yo –le dijo Owen.

Volvió a la cocina y, después de lavarse las manos en el fregadero y secárselas, regresó junto a ella. Anonadada, Bella le tendió el disfraz y la aguja.

–Al final va a resultar que sí fuiste un boy scout –murmuró.

Owen, que se había sentado en una silla a su lado, le lanzó una mirada que hablaba por sí sola, y Bella dio un puntapié mentalmente por sacar a colación el recuerdo de aquella noche en Waiheke. Se sonrojó, y él bajó la vista a la prenda disimulando a duras penas una sonrisilla.

–Pues en realidad no, pero creo que mejor que tú puedo hacerlo.

–Vaya, gracias –masculló ella con sarcasmo.

Impaciente, se levantó y se puso a dar vueltas por el salón antes de volver junto a Owen para ver si estaba logrando algún progreso. Se puso detrás de él y lo observó. Parecía que lo de coser a él tampoco se le daba muy bien…

–¡Mierda!

…y acababa de pincharse en el dedo. Bella sintió

cierta satisfacción de saber que al menos había algo en lo que era tan inútil como ella. Owen la miró igual que un crío que acabase de romper algo, como pidiéndole disculpas.

–Lo siento –le dijo–. ¿Sabes qué? Podemos llevarlo a una tintorería que hay aquí cerca. También hacen arreglos.

–Ni hablar –replicó ella sacudiendo la cabeza.

–Bella, no hay más remedio. Acabo de manchar el disfraz de sangre, pero seguro que se puede quitar.

¡¿Qué?! Bella miró el vestido y vio que, en efecto, la manga desgarrada se había manchado de sangre. El corazón le dio un vuelco.

–Ay, Dios… –murmuró.

–Es lo menos que puedo hacer –le dijo él–. Y estoy seguro de que podrán arreglarlo.

Bella miró el disfraz de nuevo. Si no le había conseguido sacar las manchas de vino, difícilmente iba a quitarle una de sangre. Y lo peor era que no iba a tener más remedio que aceptar de nuevo la ayuda de Owen.

–Está bien.

Owen colgó el disfraz sobre el respaldo de su silla.

–En veinticuatro horas lo tendrán listo.

Justo en el momento en que él se estaba volviendo, a Bella le pareció atisbar una sonrisilla pícara en su rostro y la asaltó la sospecha de que había hecho a propósito lo de pincharse el dedo y mancharle el disfraz. Abrió la boca para protestar, pero las palabras no llegaron a cruzar sus labios. La verdad era que le encantaba ese disfraz; y lo necesitaba. Además, podía devolverle el dinero a Owen después de la fiesta y no tenía otra opción.

–Me muero de hambre –dijo él estirándose–. ¿Te apetece una pizza?

Pizza… Bella asintió de inmediato. Adoraba la pizza y además era barata. Por fin algo que podía pagar.

–Estupendo. Dame un par de minutos para ducharme y cambiarme –le dijo él mientras se dirigía a su habitación.

Cuando regresó, Bella estaba abriendo y cerrando todos los cajones y muebles de la cocina.

–¿Qué buscas? –le preguntó Owen.

–Una guía de teléfonos –masculló ella.

Él se quedó mirándola con incredulidad.

–¿Has oído hablar de Internet? Pero, de todos modos, no vamos a pedir la pizza por teléfono; vamos a salir.

–¿Ah, sí? –Bella lo miró patidifusa.

¿En qué momento le había dicho que iban a salir? Sin embargo, antes de que pudiera decir nada, él ya estaba saliendo del apartamento.

–¿Pero dónde vamos? –le preguntó yendo tras él por las escaleras.

Mientras bajaba los últimos escalones, Owen giró la cabeza hacia ella, y le respondió con una sonrisa:

–A mi italiano favorito.

Era un restaurante que había a unas pocas manzanas de su casa. Por fuera la decoración era muy colorida, pero cuando entraron resultó no ser un sitio barato, como había imaginado, sino más bien un local refinado, aunque pareció que no importó que fueran vestidos de un modo informal.

Cuando Bella le echó un vistazo a los precios en la carta casi le dio un patatús. Owen, que pareció leerle el pensamiento, le dijo:

–No te preocupes, yo invito. Te lo debo por haberte manchado el disfraz.

Fue en ese punto en el que Bella se plantó.

–No.

No iba a dejar que la sacase de cada apuro en el que se encontrase, ni que le pagase todo. Aquello la hacía sentirse incómoda.

–¿Perdón? –inquirió él mirándola.

–He dicho que no, gracias –repitió ella, vocalizando cada palabra–. Ya has hecho demasiado por mí, Owen.

Él se quedó muy callado, como si no supiera cómo reaccionar. Era evidente que no estaba acostumbrado a que le dijeran que no.

–Eres hijo único, ¿verdad? –le preguntó.

–Pues sí –contestó él sorprendido–, ¿pero cómo has llegado a esa conclusión, si puede saberse?

–Porque se nota que estás acostumbrado a salirte siempre con la tuya.

Él se quedó mirándola, escrutándola en silencio, y Bella alzó la barbilla desafiante.

–¿Eso crees? –le espetó él, y se puso en pie de repente–. Muy bien; vámonos. Pediremos una pizza por teléfono, como tú querías.

–Y pago yo –anunció ella. Así era como tenía que mostrarse, asertiva.

–Bien –respondió Owen, aunque a sus labios volvía a asomar una sonrisilla divertida.

Cuando subieron a la azotea con la pizza que habían pedido, la temperatura era tan agradable como la noche anterior, y el ambiente igual de romántico, y de pronto Bella se dio cuenta de que en aquel caro restaurante habría estado más segura que allí del poder de atracción que Owen ejercía sobre ella.

Desesperada, buscó un tema de conversación trivial para no pensar en lo increíblemente guapo que era, ni en lo acalorada que se sentía.

–¿Dónde viven tus padres?

–Mi madre en Auckland, y mi padre en Australia. Están divorciados.

Vaya… Por alguna razón, a Bella aquello no la sorprendió.

–¿Qué edad tenías cuando decidieron divorciarse?

Él esbozó una sonrisa cínica, como si fuera consciente de que estaba analizándolo, y eso lo divirtiera.

–Diecinueve. Veintitrés años de matrimonio al traste.

–¿Fue por una infidelidad?

–No –respondió Owen.

Al menos no que él supiera, aunque en el fondo ese era el problema, que él no se había dado cuenta de nada hasta el día en el que sus padres se lo habían dicho. ¿Cómo podía haber estado tan ciego?

–No, simplemente se distanciaron el uno del otro –añadió.

Bella frunció el ceño.

–¿Quieres decir que un día se levantaron por la mañana y decidieron que querían poner fin a su matrimonio?

Eso era lo que le había parecido a él en un principio; algo completamente repentino e inesperado. Pero si les hubiera prestado más atención tal vez se habría dado cuenta antes de que algo no iba bien entre ellos. Todavía le dolía que las dos personas más importantes de su vida se hubiesen estado distanciando cada vez más y él no se hubiese percatado. Había estado demasiado ocupado con sus trabajo y sus grandes planes.

–La verdad es que fueron infelices durante mucho

tiempo, pero yo nunca lo supe. Estaba demasiado metido en mi mundo, con los estudios, los deportes y los amigos, como para darme cuenta. En mi adolescencia los padres de muchos de mis amigos estaban separados o en proceso de divorcio. Yo creía que los míos eran la excepción, que eran un matrimonio modelo, y resultó que solo querían protegerme, evitar que me descarriara, como le ocurrió a tantos de esos chicos.

En parte le había enfadado que sus padres no hubieran sido sinceros con él desde un principio, pero los respetaba aún más porque hubieran sido capaces de seguir juntos por el amor que le tenían.

—Creo que se aburrieron el uno del otro. Tenían intereses distintos, y lo único que los unía era yo —le explicó. Aquello del amor eterno no era más que una patraña—. Pero no fue algo traumático para mí ni nada de eso. Todavía nos reunimos los tres de vez en cuando para cenar y charlar. Y me apoyaron al cien por cien cuando les dije que quería dejar la universidad y concentrarme en la compañía que quería fundar.

¿Que no estaba traumatizado? Bella lo dudaba mucho, sobre todo cuando decía que no pensaba casarse nunca. Claro que tal vez hubiera algo más en todo aquel asunto que se le escapaba. Tomó otro trozo de pizza, y decidió indagar un poco más.

—¿Y desde entonces te has centrado en el trabajo? ¿No has tenido ninguna relación seria?

—¿Qué eres?, ¿la Santa Inquisición? —le respondió él irritado.

Ajá… De modo que sí había habido alguien importante en su vida.

—Contesta la pregunta —insistió ella señalándole con su porción de pizza mordisqueada—. ¿De verdad no has tenido ninguna relación seria?

—Está bien —claudicó él, antes de tomar otro trozo de pizza—. Sí, tuve una novia seria. Hace mucho tiempo.

Luego le dio un mordisco al trozo de pizza y se quedó callado mientras masticaba.

—¿Y qué pasó?

Owen se encogió de hombros y se tragó lo que tenía en la boca.

—¿Vivisteis juntos?

—Sí, durante un tiempo.

Bella sintió una punzada de celos.

—¿Y qué ocurrió?

—Conoció a otro. Se casaron y tienen un hijo. O dos, no sé.

Ella se quedó mirándolo con incredulidad.

—¡¿Te dejó?!

Él la miró muy serio.

—No es fácil estar conmigo, Bella.

—¿Por qué dices eso?

Pero si cualquier mujer querría estar con él…

—Cuando estoy con un proyecto, ese es mi mundo; me absorbe por completo. Durante el tiempo que dure, ya sean semanas o meses, no le presto demasiada atención a nada más.

Bella frunció el ceño.

—¿Ahora mismo estás con algún proyecto?

—Sí.

Pues a ella no le parecía que estuviese abstraído en absoluto.

—¿No te parece que eres demasiado duro contigo mismo?

El rostro de Owen se endureció.

—Cuando mis padres se distanciaron no me di cuenta, Bella. Y con mi exnovia fue igual –respondió–. Soy egoísta.

Bella seguía sin verlo así, pero no quería insistir, así que cambió de tema.

—Bueno, cuéntame de verdad en qué consiste tu trabajo: ¿te encierras y te pones a hacer cosas de *hackers*?

Los ojos de él volvieron a brillar divertidos.

—Es difícil de explicar, pero en realidad yo no me dedico a la parte técnica; tengo programadores que diseñan el software.

—¿En serio? ¿O sea que al final todo depende de los ordenares?

Él se rio.

—No todo. Hay una cosa que los ordenadores no pueden hacer, y que es algo que a mí se me da muy, muy bien.

—¿El qué?

—Imaginar, Bella, crear –le respondió él–. La idea tiene que partir de alguien.

—Yo sería incapaz de pasarme todo el día sentada delante de un ordenador.

—Y yo no podría pasarme todo el día de pie sirviendo a la gente en una cafetería ruidosa.

—A mí me gusta el ruido de la cafetería, y el contacto cara a cara con la gente.

—Oh, a mí también me gusta el contacto cara a cara –le aseguró él.

—¿En serio?

Bella no se lo creía demasiado. Tenía la impresión de que lo que Owen hacía era esconderse allí, en su madriguera, y fraguar montones de ideas brillantes que ella ni siquiera podría comprender. Y luego se las vendía a alguien. Era más un empresario que otra cosa.

–Y también el contacto cuerpo a cuerpo –añadió él con una sonrisa pícara. Se inclinó hacia delante, y mirándola a los ojos, le susurró–: Y piel contra piel.

Owen sonrió al ver cómo se oscurecían de deseo los ojos de Bella. Cuando se acercaba a ella, cuando le hablaba en susurros, Bella se sonrojaba, se ponía nerviosa, pero él quería mucho más que eso, quería lo que estaba atisbando en su mirada en ese momento, y estaba empezando a comprender cómo podía conseguirlo.

Y era mucho más simple de lo que había pensado: tenía que abrirse a ella y hacerle ver que era humano, alguien con defectos como ella, pero también con sus virtudes. ¿Quería saber más de él? Le contaría todo lo que quisiera saber?

–Hace un par de años vendí el negocio que tenía a una multinacional por varios millones de dólares –le explicó, aunque sabía muy bien que a Bella no le impresionaba el dinero.

Le estaba tendiendo una trampa.

–¿Y qué hiciste con todos esos millones? –inquirió ella con indiferencia.

¡Ajá!, tal y como imaginaba había picado el anzuelo.

–¿Qué crees tú que hice con ellos?

–Comprarte un Ferrari –contestó Bella–, y otros cuantos juguetes caros. Y también la antigua nave industrial en la que vives, en pleno centro de la ciudad. Regalarte con una vida fácil y cómoda –mientras hablaba, los ojos de Bella se clavaron en los suyos, acusadores.

–En lo del Ferrari has acertado; fue un capricho que

me di. Pero no me di muchos más, y como has podido comprobar mi casa no es un derroche de lujo.

Hizo una pausa y vio que Bella seguía muy atenta. Bien, había llegado el momento de hacerle ver a la pequeña hada las cosas tal y como eran en realidad.

–¿Quieres saber qué hice con el resto del dinero? Creé un fondo benéfico con la mitad, y la otra la invertí en reunir a un grupo de expertos; los tipos con los que me viste reunido el otro día. Esos tipos son algunas de las mentes más privilegiadas del país; genios de la informática. Trabajan para mí. Yo los reúno, les planteo una idea, un proyecto, y ellos buscan soluciones a los problemas que se presentan para hacer programas informáticos nuevos y mejores.

–Que luego tú puedes vender y con los que supongo que consigues un montón de dinero.

–Exacto. Y vuelvo a hacer lo mismo. La mitad va al fondo benéfico, y la otra la invierto en el próximo proyecto. Me gustan las ideas, Bella. Me gusta hacerlas germinar, y cuando ya lo han hecho, paso a la siguiente, a otro desafío.

–¿Y no te gustaría ver cómo esas ideas dan sus frutos?

Owen frunció el ceño.

–No, eso es aburrido –respondió–. En cuanto a la vida fácil y cómoda… como te decía antes, sí, me gusta vivir bien y darme algún capricho de vez en cuando, pero trabajo como el que más.

–Pero… ¿por qué?, ¿para qué cuando tienes tanto dinero que podrías dejar de trabajar mañana mismo si quisieras?

–Porque me gusta lo que hago.

Y porque sencillamente sería incapaz de dejarlo,

porque necesitaba algo con lo que ocupar su mente y su tiempo.

–Pero, a pesar de todo ese éxito –continuó, subrayando esa última palabra porque sabía lo mucho que Bella detestaba aquel concepto–, sigo siendo el tipo que te hizo reír aquella noche en Waiheke. Sigo siendo el tipo que hizo que las piernas te temblaran de tal modo que no podías tenerte en pie –hizo una pausa, y añadió en un murmullo–: Sigo siendo el tipo que te hizo suspirar y gritar de placer. Y soy el tipo que te hará volver a sentir todo eso otra vez.

Capítulo Ocho

Bella se quedó en su dormitorio hasta bien pasadas las nueve de la mañana siguiente, segura de que para entonces Owen ya estaría en la entreplanta con su grupo de cerebritos diseñando algún nuevo programa que revolucionaría el mundo. La noche anterior había sido la más frustrante de su vida; más frustrante aún que aquella noche en Waiheke, cuando Owen la había dejado tirada de madrugada.

Después de dejarla más roja que un tomate con las insinuaciones que le había hecho, Owen le había lanzado una sonrisa casi pecaminosa, y la había dejado sola en la azotea. Luego, cuando ella había reunido el valor suficiente para bajar, se había encontrado con que Owen se había metido en su cuarto y había cerrado la puerta. Tal vez había esperado que llamara y entrara, pero ella se había sentido demasiado vergonzosa como para hacerlo.

Esa mañana la puerta del dormitorio de Owen volvía a estar cerrada, y necesitaba usar el baño. Se acercó y llamó suavemente con los nudillos, solo para asegurarse de que no estaba. Al ver que no había respuesta, abrió, y entró. Owen no estaba. La cama estaba deshecha y toda la ropa de cama estaba amontonada en un extremo del colchón, formando un bulto alargado. Ya estaba a medio camino del baño cuando se dio cuenta de que el bulto se estaba moviendo. Solo que no era un bulto, era Owen, que se incorporó y se quedó sentado. El bronceado de su torso desnudo contrastaba con el blanco de las sábanas y tenía el pelo todo revuelto.

–Buenos días –la saludó con una sonrisa soñolienta.

Bella se quedó paralizada en mitad de la habitación.

–Creía que ya estarías abajo, trabajando –balbució.

–No –respondió él con un bostezo–. Anoche no he dormido demasiado. Tuve una llamada de Nueva York y me tiré un buen rato al teléfono.

Bella empezó a retroceder lentamente mientras hablaba. Por suerte llevaba unos pantalones de gimnasia además de la camiseta, pensó. Después de la vergüenza que había pasado el día anterior, no había querido correr otra vez el riesgo de toparse medio desnuda con todos esos tipos.

–No te preocupes –le dijo Owen, bajando las piernas de la cama y agachándose para alcanzar una camiseta del suelo–. Puedes usar el cuarto de baño si quieres; me voy a hacer un poco de ejercicio.

Owen se levantó de la cama con la camiseta en la mano, y se desperezó, exhibiendo la perfección de su cuerpo desnudo. Bella sintió que se le encendían las mejillas. Lo estaba haciendo a propósito; estaba segura. Tragó saliva. Inspiró. Parpadeó. Volvió a tragar saliva. Era como si se hubiera quedado paralizada y no pudiera moverse.

–¿Bella?

Ella lo ignoró. Se dio la vuelta, salió y volvió a toda prisa a su dormitorio. Cerró la puerta, se echó sobre la cama y hundió el rostro encendido entre las frescas sábanas.

«Condenado Owen... Si piensas hacer algo, hazlo de una vez».

Una media hora después Bella imaginó que Owen ya habría salido, y que estaría al menos durante una hora, así que fue a la cocina porque necesitaba un vaso de agua bien fría. Justo cuando estaba apurándolo oyó abrirse y cerrarse la puerta.

Se dio la vuelta, y allí estaba Owen, vestido con unos pantalones de deporte cortos y una camiseta. Estaba sudando, y resoplaba. Se dirigió hacia ella. Iba directo hacia ella y no parecía que fuese a detenerse.

—Vaya, ya has vuelto —balbució ella.

—Sí, ya he vuelto —murmuró Owen, y para decepción de Bella, se desvió hacia la nevera. Abrió la puerta y sacó una botella de Aquarius.

—Ha sido corto pero intenso —añadió mientras desenroscaba el tapón de la botella.

Bella dejó el vaso en el fregadero y se apoyó en él, azorada y nerviosa.

—He subido y bajado las escaleras durante veinte minutos.

Bella no pudo evitar quedarse mirándolo mientras echaba la cabeza hacia atrás, tomando un largo trago de la botella. Estaba jadeando más que él, y estaba completamente sobria, pero lo deseaba más de lo que había deseado nada en toda su vida.

Owen dejó la botella sobre la mesa, se apoyó en la encimera, y se quedó observándola en silencio durante un largo rato.

—¿En qué piensas?

—En… en nada —se apresuró a responder ella.

Owen la miró entre incrédulo y divertido.

–Ven aquí.

Bella vaciló.

–Anda, acércate.

Bella dio un paso hacia él, deseando no llevar puestos aún aquella camiseta vieja y los pantalones de deporte.

–Vamos, acércate más.

–¿Qué? –inquirió ella dando un paso más, un paso minúsculo.

–¿Por qué no haces esa «nada» en la que has estado pensado durante los últimos cinco minutos? –la desafió con una sonrisa, dando un paso también hacia ella–. ¿O llevas más tiempo pensando en «nada»?

Bella abrió la boca, pero de ella no salió palabra alguna.

Owen bajó la vista a sus labios y Bella casi pudo sentir su mirada deslizándose por ellos. Lo deseaba tanto… Los ojos de Owen buscaron los suyos de nuevo. Había una expresión cálida en ellos, y ese brillo travieso que la había seducido en Waiheke.

Bella sabía que Owen estaba esperando, pero ella había vuelto a quedarse paralizada. La respiración de él también se había tornado entrecortada. De pronto varios pitidos rompieron el silencio.

Owen no se apartó.

–Creo que te llaman al móvil.

Bella sacudió la cabeza, incapaz de despegar sus ojos de los de él.

–Solo es un aviso de que se le acaba la batería.

–Pues deberías recargarlo.

–No puedo; me he dejado el cable en mi apartamento –confesó Bella.

Los ojos de Owen sonrieron divertidos, y volvieron a oírse los pitidos del teléfono.

Owen alargó la mano, la metió en el bolsillo trasero de sus pantalones de chándal, y sacó el móvil. Apretó un par de botones y frunció el ceño.

–¿Qué pasa?, ¿no funciona? –inquirió ella.

Owen negó con la cabeza, pero siguió apretando botones.

–Creo que tengo un cable que debería valer para este modelo –murmuró.

Bella no sabía qué estaba haciendo, pero quería que le devolviera su teléfono. Intentó quitárselo de la mano, pero Owen lo levantó, poniéndolo fuera de su alcance, mientras seguía apretando botones con la vista fija en la pantalla.

–¿Qué estás buscando? –quiso saber Bella.

–Servicios de Jardinería Tony.

–¿Qué?

–El número que me diste –respondió él bajando la cabeza para lanzarle una mirada de reproche–. Por eso no pudo contactar contigo, porque el número que me diste no era el tuyo.

Oh, mierda.

–¿Ah, no? –musitó ella en un hilo de voz.

Él clavó su mirada aún más en ella.

–¿Un accidente a propósito?

–¿Y qué? –se defendió ella–. Tenías tanta prisa por irte que estaba segura de que no me llamarías. No quería quedarme sentada esperando medio ilusionada que me llamaras.

Owen dejó el teléfono sobre la mesa, y se colocó frente a ella.

–¿Solo «medio» ilusionada? –la picó con una sonrisa.

Bella quería pegarse de cabezazos contra una pared. De modo que sí había intentado llamarla…

–Pero… pero… ¡tú ni siquiera te molestaste en darme tu teléfono! –le espetó desesperada, sin saber ya cómo defenderse–. Ni tampoco me dijiste que no te alojabas en el complejo turístico.

–Eso es irrelevante. Lo que me importaba en ese momento era asegurarme de que podría ponerme en contacto contigo –replicó él–. ¿Para qué iba a darte mi número? No me habrías llamado. ¿Me equivoco?

Bella se sonrojó aún más. No, nunca lo habría llamado. Se sentía demasiado humillada de que la hubiese dejado en mitad de la noche.

–Te largaste y me dejaste allí –le espetó.

Owen esbozó una media sonrisa.

–Vaya, veo que tengo bastante trabajo por delante.

–¿Qué quieres decir?

–Pues que estoy viendo que tendré que convencerte de lo mucho que te deseo. De hasta qué punto habría querido quedarme contigo aquella noche.

–Si hubieras querido quedarte, lo habrías hecho –replicó Bella.

Owen sacudió la cabeza.

–Las responsabilidades son las responsabilidades, Bella. Mis clientes confían en mí.

–¿Y qué me dices de las prioridades?, ¿y de elegir? –le espetó ella.

–Iba a llamarte. Intenté llamarte –recalcó él–. Fuiste tú quien tomó la decisión de evitar que pudiera contactar contigo.

Bella miró hacia otro lado. Se sentía cada vez más humillada ahora que ya no tenía en qué escudarse. Owen la tomó de la barbilla para obligarla a mirarlo.

–Lo que aún tienes que aprender de mí, Bella –le dijo–, es que nunca dejo que se interponga nada cuando quiero algo de verdad.

–¿Y qué es lo que quieres?

–A ti.

Bella se derritió por dentro.

–Y la cosa es… –murmuró él acercándose un poco más–… que tengo la sensación de que tú también me deseas a mí.

–Owen…

–¿No quieres hacer eso en lo que has estado pensando? No sé tú, pero eso es exactamente lo que voy a hacer yo.

Bella aspiró temblorosa.

–Voy a tocarte, y a besarte, y a sentirte, y a observarte –murmuró Owen–. ¿Sabes lo expresivo que es tu rostro, Bella?, ¿lo mucho que abres los ojos cuando deseas algo?, ¿lo sonrosadas que se ponen tus mejillas y tus labios? –bajó la voz y le susurró al oído–: ¿Sabes lo húmeda que te pones?

Un gemido ahogado escapó de los labios de Bella. ¿Sabría acaso lo húmeda que estaba ya?

–Dime qué es lo que quieres, Bella.

Ella lo miró a los ojos y habló sin pensar.

–Quítate la camiseta –le ordenó en un murmullo.

Una llama de pasión iluminó los ojos de Owen, que se sacó la camiseta con un movimiento rápido y la arrojó lejos. Bajó la vista a su pecho sudoroso.

–Debería darme una ducha.

Era la primera vez que Bella lo veía mostrarse vergonzoso.

–No, todavía no –puso una mano en su pecho. Le gustaba aquel calor húmedo.

Se inclinó hacia delante y lamió el hueco en la base de su garganta. Tenía un sabor salado.

Owen aspiró entre dientes, y al bajar la cabeza Bella vio cuánto la deseaba. Luego, al levantar la vista, se dio cuenta por la sonrisa lobuna en los labios de él que la había pillado mirándole la bragueta.

Le puso las manos en la cintura, y le bajó el pantalón de chándal. Bella sacó los pies y lo arrojó a un lado de un puntapié. Mientras, Owen le desabrochó el sujetador, y luego le bajó primero un tirante y luego el otro para quitárselo también, pero dejándole puesta la camiseta.

—Dime una cosa: el otro día, cuando te presentaste de improviso en medio de nuestra reunión con esta increíble camiseta vieja… ¿llevabas bragas debajo?

Bella vaciló, y se dibujó una sonrisa lentamente en sus labios.

—¿Tú qué crees?

Él sonrió también.

—Yo creo que no.

—Pues puede que tengas razón.

—En ese caso ahora tampoco deberías llevarlas. Tendremos que quitártelas.

Se puso en cuclillas, metió las manos por debajo de la camiseta, y enganchó los pulgares en el elástico de las braguitas de Bella. Luego tiró de ellas para bajarlas, y Bella sacó los pies.

—Perfecto —murmuró, alzando la vista hacia ella.

Sus manos subieron por las pantorrillas de Bella hasta sus muslos, recorriéndolos con suaves caricias. Se puso de pie, y le dijo:

—Llevo pensando en ti con esta camiseta desde las diez y veinticinco de la mañana de ayer.

La besó, y su lengua invadió hambrienta la boca de Bella hasta que ella empezó a notarse algo mareada y sin aliento.

–Voy a darme esa ducha –le dijo Owen tomándola de la mano para conducirla a su dormitorio–. Quédate aquí. Serán solo un par de minutos –volvió a besarla–. Un minuto.

Sin embargo, Bella no pensaba dejarlo escapar. Lo siguió dentro del cuarto de baño, y se rio cuando lo vio meterse en la ducha a toda prisa, abrir el grifo y agarrar el bote del gel. Sin embargo, cuando Owen empezó a enjabonarse, recorriendo su cuerpo con sus fuertes manos, la risa abandonó a Bella, y se le puso la boca seca.

–Bella, si sigues mirándome así, yo…

–Yo tampoco me he duchado –lo interrumpió ella, y con la camiseta y todo entró en la ducha con él.

El agua chorreó sobre ella, haciendo que la camiseta se le pegase al cuerpo. Owen agarró sus pechos a través de la tela empapada, y sus pulgares acariciaron los pezones. Bella frotó las manos por su cuerpo, empezando por los hombros, para ir bajando luego.

–Bella… –jadeó él.

La atrajo hacia sí para besarla con pasión, y pronto Bella sintió que le temblaban las rodillas y que le costaba mantenerse en pie. Se agarró a sus hombros. Owen le quitó la camiseta muy despacio, la arrojó fuera de la ducha, y la prenda empapada aterrizó en el suelo de baldosas con un ruido sordo. Owen cerró el grifo, y se hizo un profundo silencio, roto solo por el sonido de alguna gota que caía sobre el plato de la ducha.

Dio un paso hacia Bella, pero ella retrocedió con una sonrisa pícara. Los ojos de Owen brillaron, y Bella retrocedió un paso más, y otro más, y luego prorrumpió en risitas y salió corriendo con él detrás. Owen apenas tardó un segundo o dos en darle alcance. La arrastró hasta la cama, y rodaron juntos sobre ella.

Owen se colocó a horcajadas encima de Bella. Ella se relajó y abrió las piernas en una muda invitación, pero Owen no la necesitaba. Sus manos comenzaron a acariciarla y sus labios a besarla. Al cabo de un rato Bella estaba ya arqueándose hacia él, levantando las caderas, con la sensación de que iba a estallar con la tensión que estaba acumulándose dentro de ella.

Y entonces Owen descendió entre sus piernas y comenzó a estimularle el clítoris con la lengua mientras sus dedos jugaban dentro de ella.

Los dedos de Bella se aferraron con fuerza a su cabello, y al cabo de unos segundos se encontró cayendo por el abismo del placer, retorciéndose y estremeciéndose debajo de Owen.

–Otra vez –le ordenó él, subiendo por su torso con un reguero de besos mientras su mano permanecía entre sus piernas–. Otra vez.

Volvió a besarla con ardor sin dejar de deslizar sus dedos dentro y fuera de ella. Su lengua, a su vez, exploraba cada rincón de la boca de Bella, que ansiaba que otra parte de su cuerpo la penetrara con fuertes embestidas, que la llevara a un éxtasis aún mayor.

Despegó sus labios de los de él, y movió las caderas.

–¡Sí! –exclamó con incredulidad cuando un orgasmo dio paso a otro, más prolongado y más intenso.

Cuando se desplomó sobre el colchón, Owen se quedó observándola con una sonrisa traviesa. Bella, sin embargo, no había satisfecho aún su deseo. Un apetito insaciable parecía haberse apoderado de ella.

Extendió las manos para tocarlo, con avidez, y luego comenzó a utilizar su boca también. La respiración de Owen se tornó jadeante, y Bella se sintió poderosa cuando lo vio apresurarse para ponerse el preservativo, maldiciendo cuando este se le resistió. Bella le dijo que la dejara hacer a ella, y lo torturó deslizándolo por su miembro muy lentamente, y deteniéndose de cuando en cuando para imprimir un beso ardiente en su pecho.

Bella se retorció debajo de él, empujó sus caderas hacia las de él y las hizo girar, diciéndole no solo con palabras sino también con su cuerpo, lo excitada que estaba y lo mucho que lo deseaba.

–¡Ahora, Owen, ahora! –lo exhortó, desesperada porque solo él podía darle lo que necesitaba.

Owen la penetró con un gruñido, adentrándose hasta lo más hondo de ella.

–¡Ah! ¡Oh, sí! Así… así… –gemía Bella.

Pero no le hacía falta decirlo; Owen estaba moviéndose exactamente como quería que se moviera, con embestidas rápidas y fuertes, y ella le respondió, imitando el ritmo que estaba marcando al tiempo que le hincaba los dedos en las caderas.

Entre jadeos le dijo a Owen lo mucho que le gustaba lo que le estaba haciendo, cuánto estaba disfrutando, hasta que las palabras la abandonaron porque ya no podía pensar con claridad, y de su garganta no escapaban más que gemidos y suspiros. Había perdido el control sobre sí misma. La tensión fue en aumento; nunca había experimentado nada semejante; hasta que de pronto, como un elástico tensado al límite, algo estalló en su interior, y su cuerpo se vio sacudido por deliciosos espasmos.

Capítulo Nueve

Al día siguiente, cuando estaba en el trabajo, Bella se sacó el móvil del bolsillo extrañada. Aunque lo había recargado con un cable que le había prestado Owen, llevaba toda la mañana muy callado. Vaya, ¿cómo no iba a estar callado? Sin querer lo había apagado. Lo volvió a encender y vio que tenía varios mensajes. Tres de ellos eran de voz, y los tres eran de su casero. Los escuchó, contrayendo el rostro ante su tono iracundo, y lo llamó. Cuando colgó, unos minutos después, su casero ya no era su casero. Le iba a rescindir el contrato de alquiler y, para cobrarse los destrozos que había causado en el apartamento, iba a quedarse con el dinero que le acababa de pagar ese mes. Tenía hasta el día siguiente para llevarse el resto de sus cosas.

A Bella se le cayó el alma a los pies. Tendría que abusar un poco más de la hospitalidad de Owen, o pedirle otro préstamo a su padre. No quería recurrir a su padre de nuevo, pero tampoco estaba segura de que fuera una buena idea quedarse más tiempo con Owen. Se tragaría su orgullo y le pediría el dinero a su padre.

Por la tarde, cuando llegó a casa de Owen, lo encontró esperándola, con la cadena de música encendida, tocando una música suave, y la cena caliente en el horno.

−¿Qué te ha pasado? −le preguntó nada más verla.

¿Tan transparente era?

–Mi casero me ha echado, y encima se va a quedar el dinero que le acababa de pagar por este mes y no…

–No te preocupes por eso –la interrumpió él mientras ponía la mesa–. Puedes quedarte aquí todo el tiempo que necesites.

El corazón le dio un brinco a Bella en el pecho, pero también se sintió incómoda.

–Creía que no querías tener a ninguna mujer viviendo contigo –murmuró.

Owen la miró con el ceño fruncido.

–¿Qué?

–Es lo que me dijiste aquella noche en Waiheke.

Owen abrió el horno para sacar la fuente de estofado que había dentro, y la colocó sobre la encimera.

–Bella, estábamos en un bar y estábamos flirteando –le dijo mientras servía el estofado en dos platos–. Además, esto es solo algo temporal, ¿no? Eres mi invitada.

Bella inspiró y asintió, algo más tranquila.

–No necesitamos ponerle etiquetas a nuestra relación –añadió él–. Eres una amiga que está pasando unos días en mi casa hasta que…

–Una amiga que se acuesta contigo –se vio obligada a puntualizar ella.

–… hasta que encuentres otro sitio –reiteró él, ignorando su comentario.

–¿Y ahí se acaba el dormir juntos?

Contuvo el aliento, esperando la respuesta de Owen, que dejó lo que estaba haciendo y la miró.

–El dormir juntos se acaba cuando uno de los dos decida que quiere que se acabe –le dijo en un tono suave. Fue junto a ella, le puso las manos en la cintura, y mirándola a los ojos le preguntó–: ¿Estamos de acuerdo?

Bella asintió. Amigos con derecho a roce y sin compromiso; podía planteárselo así. Sin embargo, se dijo que esas dos semanas que necesitaba para ahorrar el dinero necesario para otro alquiler sería el límite. No se quedaría ni un día más, no debía. No quería correr el riesgo de engañarse, creyendo que podía haber algo más entre ellos, y acabar con el corazón roto.

Al día siguiente, después del trabajo, Bella se pasó por su apartamento para recoger sus cosas, y regresó a casa de Owen.

—Te vas a quedar ciego de pasar tanto tiempo delante de esa pantalla —le dijo cuando entró y lo encontró sentado frente a su ordenador.

—¿Ni siquiera te gusta Internet? —le preguntó él, girando su silla—. ¿Qué me dices de las redes sociales?

—No tengo ningún interés en retomar el contacto con la gente con la que iba al colegio cuando tenía cinco años —replicó Bella. No cuando todos serían importantes abogados, o médicos o cosas así, y ella solo era una camarera.

—Pero para muchos puestos de trabajo hoy en día necesitas saber manejar un ordenador.

—Yo no he dicho que no sepa manejar un ordenador. Sé usar el ratón tan bien como cualquiera. Además, ¿por qué iba a querer pasarme horas delante de una pantalla?

—¿Y qué me dices de la posibilidad de comprar cosas *online*?

—Prefiero irme a ver una película al cine.

—Ya, y eso no es mirar una pantalla —dijo él con sarcasmo.

—Muy bien, venga, dime una sola cosa de Internet que pueda interesarme.

Owen esbozó una sonrisa traviesa.

—¿Sabías que tu hermana ha subido fotos de la boda a su blog?

Bella se quedó paralizada.

—¿Y tú cómo sabes que mi hermana…?

—Hay una foto tuya con las demás damas de honor en la que sales encantadora —murmuró Owen mientras tecleaba una dirección en el buscador.

Momentos después se abría en el navegador el blog de Vita, con varias fotos de la boda. Owen pinchó en una para que se viera a pantalla completa. Bella quería que se la tragara la tierra. Allí estaba, con las otras damas de honor, todas tan altas y esbeltas como lirios, mientras que ella parecía un cardo a su lado.

—¿Y cualquiera puede ver esto? ¿Cualquiera?

Owen asintió.

—Aunque en realidad mi favorita es esta otra.

Cerró la foto y abrió otra tomada en la playa, al atardecer, en la que ella salía al fondo, detrás de Vita y Hamish. Hacía ya algo de fresco cuando se había tomado esa foto, y se había levantado brisa. Owen la amplió, centrándose en ella con el zoom, y Bella vio que lo que el muy pícaro quería mostrarle era que se le marcaban los pezones debajo del vestido.

Azorada, le espetó con sarcasmo:

—Y luego dices que no te va el porno.

Owen se rio.

—Puedes registrar mi disco duro si quieres; no encontrarás nada. Aunque, sí, tengo que admitir que me pasé un buen rato mirando esta foto. Era todo lo que tenía hasta que averigüé dónde encontrarte.

–¿Dónde encontrarme? –repitió ella frunciendo el ceño–. ¿Me estás diciendo que sabías que estaba aquí, en Wellington?

Owen asintió.

–Tu hermana mencionaba en una entrada de su blog que te habías mudado.

–¿Me seguiste hasta el supermercado?

–No –replicó él riéndose de nuevo–. Ese encuentro fue cosa del destino.

Bella se quedó callada un momento, aturdida. Había intentado dar con ella a través de Internet.

–¿Y pensabas seguir buscándome? –inquirió, con el corazón latiéndole como loco.

–Pues claro –respondió él cerrando la página.

–Pero… ¿por qué?

Owen se levantó y fue hasta donde estaba ella.

–¿Por qué crees tú? Ya te he dicho, Bella, que no suelo dejar que se interponga nada cuando quiero algo.

–Pero cuando nos encontramos en el supermercado estuviste bastante seco.

–Me habías dado un teléfono falso, ¿recuerdas?

–Solo porque tú me dejaste tirada en mitad de la noche –se defendió Bella, rodeándole el cuello con los brazos–. Me dejaste insatisfecha –murmuró quejosa.

Owen le puso las manos en la cintura y la atrajo hacia sí.

–Lo sé, sé que nos quedamos a medias… –respondió–. ¿Sabes?, si no le tuvieras esa tirria que le tienes a Internet, y tuvieras un blog como tu hermana, o una página web, me habría sido mucho más fácil encontrarte. Podría haber tecleado tu nombre en Google y haber descubierto que eras una hada muy sexy que organiza fiestas para niños.

Bella se echó a reír.

—De hecho… ¿sabes qué? Creo que te voy a hacer una página web —murmuró Owen, mientras se inclinaba para besarla en el cuello.

—¿Umm? —inquirió ella, empezando a distraerse cuando los labios de Owen descendieron un poco más.

—Una página web —repitió él entre beso y beso—. Para tu negocio de animadora infantil. No me llevará más de un par de horas.

Bella, que estaba enredando los dedos en su cabello, le hizo levantar la cabeza y protestó:

—Owen, ya has hecho bastante por mí.

Él sonrió divertido.

—Bella, por favor, es un capricho que tengo; concédemelo —murmuró, y la silenció con un sensual beso en los labios.

La semana pasó volando. Todas las tardes, cuando Bella llegaba, Owen tenía preparada la cena. Comían, luego se acurrucaban juntos en el sofá a relajarse viendo una película, y después se iban a la cama y hacían el amor. El sexo, lejos de volverse monótono, era cada vez más increíble, cada vez mejor.

El viernes por la noche, mientras se desnudaban entre besos y caricias, Bella no pudo evitar pensar, como tantas otras veces esos días, que estaban empezando a difuminarse en su mente los límites que habían puesto a su relación. Sabía que no podía aspirar a nada más de lo que tenían, que Owen no quería algo serio, pero no quería que aquello terminase. Aunque le parecía imposible, era evidente que Owen la deseaba, y no hacía más que decirse que quizá pudiera mantener encendida esa llama, ese ardor, algo más de tiempo. Lo único que tenía que hacer era urdir una especie de red sensual y atraparlo en ella, que le fuera imposible escapar, que no pudiera decirle que no, que quisiera más y más.

En ese momento, en la cama de él, Bella estaba a horcajadas sobre él, dándole la espalda. Nunca había estado muy contenta con su trasero, y hasta entonces no había tenido el valor de ofrecerle aquella vista a ningún hombre, pero con Owen todo era distinto, y quería excitarlo de verdad, volverlo loco de deseo.

Hacía unos días la había hecho suplicar mientras lo hacían, y estaba dispuesta a hacerle sufrir igual.

Owen murmuró algo incomprensible, subió las manos para moldear con ellas el contorno de sus nalgas, y deslizó un dedo dentro de su húmedo calor. Bella aspiró excitada y se mordió el labio.

–¿No quieres averiguar lo que iba a hacerte? –le preguntó, moviendo el trasero–. Con tu dedo ahí no puedo ni pensar.

Sintió una mezcla de decepción y alivio cuando Owen retiró sus manos. En fin, al menos podría concentrarse.

Se inclinó, y frotó la nariz contra su miembro erecto, haciéndole cosquillas con el cabello.

–Bella… ¿qué haces?

Ella se volvió para ponerse de cara a él, y se volvió a inclinar hacia delante, de modo que sus senos quedaron a ambos lados del pene de Owen.

–Mírame –le dijo.

–Oh, ya lo hago.

Bella lo tomó en su boca, y lamió la punta de su miembro en círculos con la lengua.

–Bella… Para, por favor… Te necesito…

–Estoy aquí.

Owen sacudió la cabeza.

–Quiero estar dentro de ti.

Bella tomó el preservativo de la mesilla, rasgó el envoltorio y comenzó a colocárselo, bajándolo muy despacio.

–Bella… –le rogó él con los dientes apretados.

Bella se colocó encima de él y empezó a descender, igual de despacio.

Se movió, cabalgando lentamente sobre él, y lo observó, presa de la pasión debajo de ella. Sin embargo, pronto notó que se desvanecía aquella ilusión de que controlaba la situación, y su instinto animal tomó las riendas. Se movió más, y más deprisa, y Owen la asió por las cintura y comenzó a sacudir las caderas también contra las de ella hasta llevarlos a ambos al límite y más allá, a uno de esos momentos intemporales de brillante oscuridad en el que sus músculos se tensaron y le sobrevino un placer exquisito que inundó todo su ser.

Owen la rodeó con sus fuertes brazos y, haciendo un esfuerzo inmenso, Bella levantó la cabeza, y cuando lo miró, sintiendo que su deseo volvía a avivarse, el corazón le dio un vuelco al comprender que era ella quien había quedado atrapada en su propia red.

Capítulo Diez

Al día siguiente Bella tuvo que hacer acopio de toda su fuerza de voluntad para abandonar el lecho de Owen.

–Tengo una fiesta esta tarde –le dijo–. Tengo que prepararme.

Se dio una ducha rápida, se secó un poco el cabello con una toalla y se puso la ropa interior. Luego enchufó el rizador.

–Todas las hadas necesitan su varita –le dijo desde el baño con una sonrisa a Owen, que seguía en la cama pero podía verla a través de la puerta abierta.

Tomó un mechón, lo enroscó en el rizador, y cuando lo soltó se había formado un suave bucle. Repitió la operación varias veces, y se ató unos cuantos lazos brillantes en el pelo.

–Desde luego no te falta ni un detalle –dijo Owen, apoyando la cabeza en la mano.

–Tengo que ser una hada convincente –respondió ella mientras se aplicaba un poco de colorete–. Soy el hada madrina que concede los deseos de la niña que cumple años. Por eso voy de azul y de color plata, no de rosa. Las princesas son las niñas. Les pongo maquillaje, purpurina, diademas de juguete…

–¿Y también haces fiestas para chicos? –inquirió él.

–Pues claro, aunque entonces me visto de pirata, no de hada.

113

A Owen le estaba costando esfuerzo concentrarse en la conversación con Bella vestida solo con el sujetador y las braguitas.

–¿Dónde te pondrás hoy el tatuaje del unicornio? –le preguntó.

–¿Dónde crees tú que debería ponérmelo? –inquirió ella con una sonrisa divertida.

Owen sabía exactamente dónde le gustaría que se lo pusiera. En la curva de uno de sus hermosos senos, para que asomase entre las puntillas de tul del discreto escote del vestido.

Bella miró su reloj y soltó un gritito de espanto.

–Deja de distraerme. No puedo llegar tarde. Quédate ahí tumbado y callado.

Owen no fue capaz de quedarse en la cama por más tiempo. Se levantó, entró en el baño, y se colocó detrás de ella, rodeándole la cintura con las manos y apoyando la barbilla en su hombro para observarla mientras acababa de maquillarse.

Los ojos de ambos se encontraron un instante en el espejo, pero Bella apartó la vista, intentando concentrarse. Owen la observó en silencio mientras se ponía el tatuaje, fijándolo con una toallita húmeda, y sintió que se excitaba al verla aplicarse luego el gel de purpurina por el pecho.

Necesitaba saber si Bella sentía lo mismo, aquel deseo que lo consumía cada vez que ella estaba cerca. Inclinó la cabeza y sopló suavemente sobre su hombro, hacia el sitio donde se había puesto el tatuaje.

Bella se estremeció, y Owen vio como se le endurecían los pezones bajo las copas del sujetador de encaje. Estaba a punto de besarla en el cuello cuando ella se apartó, y salió del baño a toda prisa para ir por el vestido, que había dejado colgado del respaldo de una silla. Antes de que él pudiera protestar, se lo puso.

—Bueno —dijo Bella, y tuvo que tragar saliva y aclararse la garganta para seguir hablando—, pues nos vemos luego.

Owen la retuvo, agarrándola por el brazo, y la asió por la nuca con la otra mano para darle un beso apasionado que no lo alivió nada, sino todo lo contrario.

Se quedaron mirándose a los ojos, y Bella tragó saliva y murmuró de nuevo:

—Tengo que irme.

Owen la soltó y la dejó marchar. Iba a ser una tarde muy larga.

Owen se pasó la tarde sin lograr concentrarse en nada, y al cabo de unas horas se encontró dando vueltas por el apartamento como un tigre enjaulado, esperando su regreso. Nunca había experimentado una pasión tan arrolladora como aquella. Ninguna mujer había ocupado jamás su mente como lo hacía Bella.

Cuando oyó ruido abajo, se asomó a la puerta y vio a Bella subiendo por las escaleras con su disfraz de hada. Owen aguardó con impaciencia, ansioso por hacerla suya de nuevo, por dar rienda suelta a su deseo.

Bella lo miró con las cejas enarcadas cuando llegó arriba y lo vio allí de pie, esperando, y Owen vio como se oscurecían sus ojos al leer el fuego en los suyos.

La agarró del brazo y la hizo entrar. La puerta se cerró detrás de ellos, pero Owen apenas lo oyó, porque para entonces sus labios ya había apresado hambrientos los de Bella.

Owen la arrinconó contra la mesa, y le levantó el

vestido sin dejar de besarla. Luego le bajó las braguitas y se desabrochó los pantalones.

Las manos de Bella se enredaron en su cabello y se echó hacia atrás mientras sus lenguas danzaban frenéticas la una con la otra. Owen despegó brevemente sus labios de los de ella para tomar aliento, y la penetró. Bella, húmeda, cálida, y llena de vida debajo de él, le dio la bienvenida con un suspiro de placer. Owen comenzó a besarla de nuevo, con la misma avidez, mientras sacudía las caderas, reclamándola para sí. Sus embestidas se tornaron cada vez más rápidas y más fuertes, hasta que alcanzaron juntos el cielo en medio de una explosión de luz y de color.

Jadeante, Owen levantó la cabeza, y cuando la miró se sintió algo avergonzado al ver la expresión aturdida en sus ojos. La había poseído de un modo casi animal, con el disfraz aún puesto.

Se apartó de ella, y Bella se agachó para subirse las braguitas.

—La fiesta bien, gracias –le dijo con ironía, mientras se dirigía a la cocina.

Owen, a pesar de estar irritado consigo mismo por aquella falta de control, no pudo evitar echarse a reír.

—Creo que he conseguido más clientes –añadió Bella. Sacó un vaso, lo llenó de agua y bebió un buen trago.

Owen, que aún no había recobrado del todo el aliento, fue tras ella. y le acarició suavemente el brazo y le preguntó:

—¿Estás bien?

Ella lo miró sorprendida, como si no comprendiera.

—Perdona –murmuró él–. Me he comportado como un...

–¿Como un bárbaro? –sugirió ella.

Owen sonrió vacilante, vergonzoso.

Bella dejó el vaso en el fregadero y esbozó una media sonrisa.

–Me gusta ese lado tuyo salvaje –dijo, aunque parecía incómoda.

Fue entonces cuando de pronto Owen cayó en la cuenta de algo que se le había pasado por completo y el estómago le dio un vuelco.

–Bella… no hemos usado preservativo –murmuró.

¿Cómo podía haber sido tan descuidado?, ¿cómo podía haber perdido el control hasta ese punto?, se reprendió enfadado.

Miró a Bella a los ojos y vio miedo en ellos.

–Lo sé –musitó.

Se le había pasado por la cabeza en una décima de segundo mientras lo hacían, pero al instante siguiente el placer había apartado todo pensamiento lógico de su mente.

–¿Y por qué no me dijiste que parara?

–Tú tampoco paraste –le recordó ella.

Por la cara que tenía puesta parecía que estuviera deseando salir corriendo.

–¿Crees que es posible que…? –comenzó él.

Ni siquiera podía decirlo.

–¿Que vaya a tener un bebé? –inquirió ella, usando la palabra «bebé» con toda la intención.

Quería ver cómo reaccionaría Owen a la imagen mental de un hijo que compartiese la sangre de ambos, al que los dos le hubiesen dado la vida.

Él palideció ligeramente.

–Em… sí.

–Cabe la posibilidad.

En realidad era una posibilidad muy pequeña, porque solo faltaban uno o dos días para que le bajara la regla, pero le dolía aquella expresión de terror en su rostro, y quería ver qué diría.

Owen exhaló un suspiro.

—Bueno, pase lo que pase, cuentas con mi apoyo —la miró—. Decidas lo que decidas hacer.

¿Decidiera lo que decidiera? De modo que sería ella quien tendría que tomar una decisión. Él no quería tener nada que ver. Bella apretó los puños, pero no dijo nada. Sentía como si sus palabras le hubieran desgarrado el corazón.

—Lo que tú decidas —balbució Owen—. A mí no me…

¿A él no qué? ¿No le importaba? Debería haberlo sabido. De todos modos él le había dicho desde el primer momento que no quería complicaciones. Había sido una estúpida. En ese momento estaba tan dolida que lo único que deseaba era que Owen se fuese y la dejase sola para que pudiese lamerse las heridas. Sin embargo, en un arranque de orgullo, salió de la cocina y fue a recoger el bolso del suelo, junto a la puerta, donde había caído cuando él la había arrastrado dentro del apartamento. Dentro del bolso había un sobre, con el dinero que le habían pagado por la fiesta. Dando gracias por que le hubieran pagado en efectivo, volvió a la cocina y se lo tendió a Owen.

—¿Qué es eso? —inquirió él.

—Dinero. Por las ruedas nuevas de mi coche, la gasolina, la cuenta de mi estancia en Waiheke… —le respondió ella.

Sabía que no era suficiente para cubrir todos esos gastos, pero se sintió bien diciéndolo.

—No lo quiero.

–Y yo no quiero que cargues con mis gastos –le espetó Bella–. Me haces sentirme como si fuera una quer...

–¡No te atrevas a decirlo! –le gritó él, dando un paso hacia ella. La ira había teñido sus mejillas, y sus ojos relampagueaban–. Nunca he pagado a una mujer para conseguir sexo, Bella, y no voy a empezar a hacerlo ahora. El dinero no significa nada para mí –masculló, apretando los dientes.

¿Igual que el sexo? Pues para ella no.

–¿Por qué me pagaste los gastos del hotel?

–No lo sé –respondió Owen irritado, apartándose de ella–. Fue un impulso. Sabía que estabas mal de dinero; solo quería ayudarte.

–Ya. Pues no quiero tu ayuda –le espetó ella, alejándose hacia el dormitorio furiosa, mientras se bajaba la cremallera.

–Pues tú desde luego está visto que no eres capaz de ayudarte a ti misma –la acusó Owen, yendo tras ella–. Y no dejas que nadie te ayude.

Bella se paró en seco ante la puerta del dormitorio y lo miró furibunda, pero no dijo nada. Agarró la primera blusa y la primera falda que encontró y se cambió a toda prisa.

–¿Dónde vas? –le preguntó Owen, viéndola entrar en el cuarto de baño para lavarse la cara y quitarse los lazos del pelo.

–Tengo una audición.

–¿Ahora?

Ella le lanzó otra mirada furibunda antes de salir del baño.

–Sí, ahora –le espetó, calzándose unas sandalias que había dejado junto a la cama.

119

–¿Y vas a ir así?

–Sí –respondió ella saliendo del dormitorio.

Owen soltó una palabrota.

–¿No te das cuenta de que te saboteas a ti misma? –le dijo siguiéndola–. Te pasas una hora arreglándote para esas fiestas de niños, y en cambio ni te miras al espejo cuando vas a una audición que podría cambiar tu vida. Cualquiera diría que no quieres cambiar de vida.

Bella se paró en seco y se giró sobre los talones hacia él.

–Pues claro que quiero.

–No es verdad –le espetó Owen–. Nunca llegas tarde a la cafetería, y en cambio llegas tarde a todas las audiciones. Dime, ¿en qué crees, Bella? ¿Crees en las hadas?, ¿crees que va a aparecer un hada madrina que hará que tus deseos se conviertan en realidad?

–Pues claro que no –replicó ella, y echó a andar de nuevo hacia la puerta.

–¿Por qué no intentas creer en ti misma para variar? Si tú no crees en ti, ¿quién va a hacerlo? –continuó Owen, yendo detrás de ella–. Le echas la culpa a tu familia porque no te apoya, a que no has estudiado arte dramático, a que aún no has tenido un golpe de suerte… Pero no se trata de suerte, Bella, se trata de decidirse a conseguir algo y perseverar.

Bella se detuvo ante la puerta y se volvió otra vez hacia él.

–Maldita sea, Owen, ¿qué es lo que quieres? –le chilló.

–No se trata de lo que yo quiero –le gritó él a su vez–. Se trata de ti, y de que no eres la persona que podrías ser. Te quedas en la superficie porque te da miedo zambullirte. Creo que ni siquiera sabes lo que quieres.

–¿Y qué me dices de ti? –contraatacó ella dolida–. A mí tampoco me parece que estés viviendo tu vida plenamente, señor trabajo-adicto. Por no hablar de esa consigna tuya: «no te acerques a mí; soy un egoísta incapaz de amar». ¿Qué clase de excusa es esa, Owen? ¡A mí me parece que eres tú el que tienes miedo!

Owen palideció y apretó la mandíbula.

–Tú solo quieres sexo –continuó Bella–. Lo cual es muy conveniente para ti, porque así no pones en riesgo tus emociones ni aceptas ningún tipo de responsabilidad. ¿De qué tienes miedo exactamente, de fracasar, de no estar a la altura? Yo meto la pata constantemente, pero al menos tengo las agallas de levantarme cuando me caigo y de volver a intentarlo. ¡Así que no te atrevas a darme lecciones!

Se dio media vuelta y salió dando un portazo.

Capítulo Once

Cuando Bella regresó de la audición ya era tarde, y pensó que Owen ya se habría ido a dormir, pero lo encontró sentado en la mesa del salón con su ordenador.

—¿Qué tal te fue? —le preguntó al verla entrar.

Bella cerró tras de sí y se sonrojó. Estaba segura de que había recitado el diálogo como un autómata. Después de la discusión con Owen había tenido demasiadas cosas en la cabeza como para concentrarse. En fin, otra oportunidad perdida.

—No preguntes.

Owen parecía malhumorado.

—Perdona que antes estuviera tan desagradable.

—Y a mí perdóname por haberme mostrado tan desagradecida —le dijo ella acercándose—. Aprecio todo lo que has hecho por mí, Owen, de verdad.

—No tienes por qué darme las gracias —replicó él sacudiendo la cabeza—. No es para tanto.

Claro, para él el dinero no significaba nada.

—Por favor, deja que te pague lo que te debo.

Las facciones de él se tensaron aún más.

—Solo es dinero, Bella; no importa.

—A mí sí me importa.

Detestaba estar en deuda con él y que lo único que pudiera ofrecerle fuera su corazón… algo que él no quería.

—Está bien —Owen se quedó callado un momento,

con la vista fija en la mesa–. Pero solo si te quedas –se quedó callado de nuevo–. Al menos hasta que te aclares un poco y tu situación sea un poco más estable.

Bella dudaba de que eso fuese a ocurrir muy pronto, pero exhaló un suspiro y claudicó.

–De acuerdo –dijo. Luego inspiró y pasó a lo más incómodo de toda aquella situación–. En cuanto lo sepa te lo diré.

Dentro de unos días lo sabría con seguridad, y luego se marcharía. No quería plantearse qué pasaría si resultaba que estaba embarazada. La idea la asustaba demasiado.

A Owen los dos días siguientes se le hicieron eternos. Había querido distanciarse emocionalmente, pero parecía que no pudiese sacarse a Bella de la cabeza. No podía dejar de revivir la discusión que habían tenido. Bella había puesto el dedo en la llaga y no podía afrontarlo ni mirarla a la cara hasta que no supiese si estaba embarazada o no. No podría pensar con claridad hasta que no lo supiese. Era como esperar el veredicto de un jurado. Si se había quedado embarazada sabía que se sentiría culpable porque esa vez era peor que lo de Liz. Esa vez la culpa era suya, no de Bella. Cuanto antes terminase aquello, mejor.

Pero la echaba de menos. Dios, cómo la echaba de menos. Casi tuvo que encerrarse en su dormitorio por las noches para no ir al de ella. Sentía un vacío tremendo entre sus brazos, y no lograba dormir.

Bella estaba haciendo horas extra en la cafetería. Cuando volvía, el resto del tiempo lo pasaba escondida en su dormitorio, y él se iba a trabajar al segundo piso para darles a los dos algo de espacio.

Al final decidió que lo mejor que podía hacer era irse de viaje, marcharse un par de días para recobrar algo de perspectiva y plantearse qué iba a hacer si resultaba que sí estaba embarazada.

Bella no había vuelto a mencionarlo, mientras que Liz a esas alturas ya había escogido los posibles nombres para el bebé y le había faltado poco para apuntarlo en la lista de espera de los colegios más exclusivos. Bella, en cambio, no estaba presionándolo ni haciéndole ninguna exigencia. Se había encerrado en sí misma, y Owen lo detestaba. Le gustaría saber qué pensamientos pasaban por su cabeza y si se encontraba bien.

Mientras escuchaba los anuncios de los vuelos por megafonía, Owen tomó otro sorbo de su café y apretó el asa de la maleta en su mano. Ya debería haber facturado su equipaje. Solo le quedaban cinco minutos para hacerlo, y si no lo hacía, no podría embarcar. Bajó la vista al vaso de plástico. Todavía le quedaba la mitad, y sería una lástima desperdiciarlo, porque para ser café de aeropuerto no estaba mal, y eso era algo bastante inusual.

Bella no había dicho nada. Estaba seguro de que sabía que estaba huyendo, lo había visto en sus ojos, pero aun así no lo había presionado ni le había exigido nada.

¿Y no era eso lo que siempre había querido, ninguna exigencia, ningún compromiso? ¿Y por qué?, ¿por miedo a no estar a la altura?, ¿por no poder responder a las necesidades de otra persona? Eso era una estupidez, sobre todo porque Bella no parecía querer ningún tipo de ayuda o de apoyo. De nuevo pensó que quería saber si estaba bien, si estaba asustada, o quizá ilusionada, o si se sentía desesperada e infeliz. Quería ayudarla y estar a su lado se sintiese como se sintiese. Y quería que ella lo ayudase a él también.

El corazón le dio un vuelco. ¿Y si Bella no le exigía nada porque no le importaba? No, sabía perfectamente que eso era una mentira. Lo había visto en sus ojos cada vez que habían hecho el amor. Era evidente que para ella no era solo sexo.

Aquella vez no podía huir; aquella vez no quería hacerlo.

Cuando pagó al conductor y se bajó del taxi le pareció como hubieran tardado una eternidad en llegar a su casa, y cuando entró en el apartamento y lo encontró a oscuras, por un momento se temió que Bella se hubiera ido. Fue entonces cuando vio un bulto en el sofá. Encendió las luces. Era Bella. Estaba allí acurrucada, y cuando las luces se encendieron y lo vio, dio un respingo y se incorporó. Estaba muy pálida.

–Perdona, no pretendía asustarte –murmuró Owen, dejando su maleta y el maletín del portátil en el suelo.

Bella parpadeó, visiblemente aturdida.

–¿Qué ha pasado? ¿Cómo es que no te has ido?

–Un cambio de planes en el último minuto –mintió él–. Al final he podido escaparme y no ha hecho falta que vaya.

–Oh.

Owen se quitó la chaqueta y fue hacia la cocina para servirse una copa de vino.

–No estoy embarazada.

La voz de Bella detrás de él lo hizo pararse en seco, y a su cerebro le llevó un momento procesar esas palabras. No estaba embarazada… No había ningún bebé…

Se volvió hacia ella, sintiéndose como si le hubiesen asestado un mazazo. No había esperado sentirse así, sentirse decepcionado. Se encontró imaginando a Bella embarazada, y a él sosteniendo a un bebé en sus brazos. La punzada de dolor que sintió lo aterró.

–¿Cuándo lo has sabido? –le preguntó, logrando que su voz sonara casi normal mientras se servía una copa de vino tinto.

–Esta misma noche.

Él asintió y tomó un buen trago.

–¿Te encuentras bien?

–Oh, sí, bien –murmuró ella, asintiendo también.

Owen escrutó en silencio su rostro pálido y supo que era mentira. Tenía un aspecto horrible. En la mesita, frente a ella, había una porción de tarta de chocolate de la que solo se había tomado la mitad. Por un momento lo asaltó un impulso de ir a su lado, abrazarla y decirle que no se entristeciera, que tendrían hijos cuando ella quisiera.

Pero no lo hizo. Inspiró y tomó otro sorbo de vino. Se sentía fatal. Pero… ¿por qué, por qué se sentía tan mal cuando se suponía que aquello era lo que él había querido? Nada de compromisos ni ataduras.

–¿Te apetece una copa? –inquirió él, acercándose y poniéndole una mano en el hombro–. Creo que no te vendría mal.

Lo que de verdad quería Bella era un abrazo. Lo que de verdad quería era saber su reacción a la noticia que acababa de darle. Al menos no había dado saltos de alegría ni había dicho: «Gracias a Dios, qué alivio». No sabía si habría podido soportar eso. Porque aunque llevaba mucho tiempo luchando por su independencia, la idea de tener un bebé la intrigaba, o más exactamente la idea de tener un bebé de Owen.

En los últimos días incluso se había pasado las noches en blanco pensando si un hijo de ambos tendría los ojos de un azul intenso, como los de él, o grises, como los de ella. Owen no parecía dispuesto a dejarle entrever lo que sentía, pero ella estaba decidida a averiguarlo. Tomó la copa de vino que le ofreció y le dijo:

—Con tu opinión del matrimonio no hace falta que te pregunte cómo te sientes. Supongo que te ha aliviado saber que no estoy embarazada.

—Yo…

—No pasa nada, Owen. No tienes por qué ocultarlo.

Él apartó la vista, como si lo que le había dicho le hubiese dolido.

—No tengo lo que hace falta para ser padre —murmuró—. Un niño se merece algo mejor que un padre distante, incapaz de darle el afecto que necesita.

Bella frunció el ceño. ¿Distante? ¿Incapaz de darle el afecto que necesita? ¿Qué estaba diciendo? Fue entonces cuando recordó lo que le había contado que su ex había dicho de él, que era un egoísta. ¿Por qué había pensado aquella mujer eso de él? ¿Qué había ocurrido entre ellos? Saltaba a la vista que era todo lo contrario, que era una persona muy generosa. Queriendo que lo viera, le preguntó:

—¿Quién riega las macetas que tienes arriba, en la azotea?

Él frunció el ceño, sin comprender.

–¿Qué tiene que ver eso?

–Todo –contestó ella con una sonrisa–. Cuidar de unas simples plantas significa que no te olvidas de ellas, que te preocupas por ellas –hizo una pausa–. Eso es todo lo que un niño necesita.

Él sacudió la cabeza.

–No, un niño también necesita ser un hijo deseado.

Las sospechas de Bella de que había algo más detrás de todo aquello se solidificaron en ese momento, al oír la desolación en su voz. Y aunque temía la respuesta que fuera a darle, no pudo evitar preguntarle:

–Owen, ¿has pasado por esto antes?

Owen sabía que tenía que ser sincero con Bella; se lo debía. Así vería la clase de persona que era en realidad y al menos así el fin de su relación no sería tan difícil… porque en cuanto lo viera tal como era saldría corriendo. Ninguna mujer sería capaz de entender el modo en que había reaccionado con Liz. Y mucho menos ella, que trabajaba con niños y los adoraba. Aquello terminaría, y seguiría con su vida.

–¿Recuerdas esa novia de la que te hablé?

–La que te acusó de ser un egoísta.

–La misma –Owen esbozó una sonrisa triste–. Cuando yo estaba inmerso en la venta de mi negocio me dijo que estaba embarazada.

Bella asintió con la cabeza, y Owen miró hacia otro lado, incapaz de soportar la lástima que veía en sus ojos.

–Yo no me sentí ilusionado en absoluto. No sentí nada. Fue peor que eso –inspiró profundamente, y lo dijo por fin–: Yo no quería aquel hijo. ¿Puedes imaginar lo horrible que tiene que ser una persona para no querer a su propio hijo? –se había sentido atrapado, y aún se sentía culpable por todo aquello–. Ella estaba haciendo listas con los posibles nombres y esperando que nos casáramos, y yo no quería saber nada del asunto –se había encerrado en sí mismo en vez de confesarle cómo se sentía–. Yo trabajaba a todas horas porque quería cerrar el acuerdo de aquella venta; era una locura…

Sabía que eso no lo excusaba, pero la verdad era que hacía mucho tiempo que había querido acabar con aquella relación.

–¿Y qué pasó?

–Que estaba equivocada. No había ningún bebé.

Simplemente se le había retrasado la regla, le había dicho con los ojos rojos de llorar y un nudo en la garganta. Él se había sentido tan aliviado que no había podido ocultárselo.

Fue entonces cuando ella se puso histérica, cuando se puso a gritarle que era un egoísta, que nunca la había apoyado, y que lo único que le importaba era su trabajo. Y tenía razón. Él no la había querido a ella por esposa, ni un hijo, ni nada de eso. A partir de ese momento la cosa se había puesto aún peor, y de pronto a Liz se le había escapado.

En realidad no había sufrido ningún retraso; se lo había inventado. Había intentado manipularlo, arrinconarlo, porque sabía que estaba a punto de conseguir mucho dinero con la venta de su negocio. Y lo había hecho sabiendo que su integridad le habría obligado a casarse con ella.

Él se había puesto furioso, y se había jurado que nunca volvería a pasar por eso.

–Conoció a otro tipo no mucho después –añadió

con una sonrisa cínica. Sentía lástima de aquel pobre desgraciado al que había atrapado en sus redes–. Se casó con él, y han tenido un crío o dos. Ahora es feliz –había conseguido lo que quería.

Se hizo un largo silencio. Owen se sentía mal. Bella no merecía estar pasándolo tan mal. Aquello no había sido culpa suya; el irresponsable había sido él.

–Lo siento mucho, Bella –dijo mirándola a la cara–. Por mi insensatez has corrido un riesgo innecesario.

–Yo no te detuve, ¿recuerdas? Yo también fui una insensata –murmuró ella. Apartó la vista y se puso de pie–. Creo que me voy a la cama. Estoy un poco cansada.

Owen se levantó también.

–¿Estás bien? ¿Necesitas una tila o algo?

Ella sacudió la cabeza y esbozó una sonrisa triste. Owen sabía lo que estaba preguntándose: si lo desagradaba tanto la idea de tener un hijo con ella como le había ocurrido con Liz. No se sentía capaz de responder a esa pregunta; ni siquiera se atrevía a planteársela. Bella tenía razón: era un cobarde.

La observó alejarse, y por primera vez en su vida se sintió como si se hubiera perdido muchas cosas, cosas importantes.

Bella aparcó a Burbujas en el garaje de Owen y exhaló un suspiro. La semana había pasado muy deprisa y aún no se había ido. Todavía se sentía sin fuerzas para alejarse del hombre del que se había enamorado.

Ya no tenía excusas; le habían pagado muy bien la fiesta de la que venía. Podría devolverle a Owen parte del dinero que le debía y marcharse. Telefonearía a su padre para pedirle el resto para poder saldar toda su deuda y empezar de nuevo. Era lo mejor, se dijo, porque después de lo ocurrido se había dado cuenta de que quería casarse y tener hijos, y él no quería nada de eso.

Cuando entró en el apartamento lo encontró sentado en el sofá leyendo un periódico. Owen alzó la vista y frunció el ceño al ver la cara de cansancio que traía.

–¿Qué ha pasado? ¿Ha ido mal la fiesta?

Bella suspiró.

–La casa era muy pequeña y habían invitado a doce niños… con padres incluidos. Un agobio.

Owen dejó el periódico sobre la mesita y se puso de pie.

–¿Sabes? He estado pensando en tus fiestas –dijo–. Podrías usar parte del espacio vacío de la primera planta. Solo tendrías que arreglarlo un poco; pintarlo y eso.

Bella se quedó mirándolo con incredulidad.

–¿Estás bromeando?

–No, hablo en serio. Así tendría una utilidad. Además, como las fiestas son por las tardes y yo trabajo con mi equipo por las mañanas, los niños no nos molestarían.

–Pero a lo mejor podrías sacarle más dinero alquilándole ese espacio a otra persona –apuntó Bella.

–Si pierdo dinero es cosa mía –contestó él encogiéndose de hombros.

–No sé… –murmuró Bella aturdida–. Tendría que decorarlo… y no tengo el dinero para hacerlo.

–Te haré un préstamo. Puedes devolvérmelo cuando empieces a tener ingresos.

Bella sacudió la cabeza. Aquello era una locura.

–Bella –dijo Owen, dando un paso hacia ella–, esto es lo que se te da bien de verdad, lo que te gusta. Cada vez que organizas una de esas fiestas te contratan para una o dos más.

La idea resultaba tan tentadora… Su propio espacio… Y sería tan divertido decorar el local… Un sinfín de ideas empezaron a arremolinarse en su cerebro.

Owen estaba sonriendo, como si lo supiera, pero ella inspiró profundamente y negó con la cabeza.

–No puedo aceptar tu oferta, Owen.

–¿Por qué no?

Porque las cosas ya eran bastante complicadas entre ellos. No quería ser una más de sus ideas antes de que pasase a la siguiente. Necesitaba pasar página y seguir con su vida.

–Tengo que encontrar un nuevo apartamento; no me puedo quedar aquí para siempre.

Owen volvió a encogerse de hombros.

–Para eso hay tiempo de sobra. ¿Por qué no te concentras primero en tener una fuente de ingresos que te dé para vivir un poco mejor? –le dijo–. ¿Por qué no pintas las paredes del color que tú quieras para ver cómo lo ves? No sé, tal vez te haría falta contar también con una zona de exterior, un jardín. A lo mejor no funcionaría.

Pues claro que funcionaría. No le hacía falta ningún jardín. Podría construir una gruta falsa, y a los niños les encantaría. Y también podría haber un barco pirata y…

Alzó la vista hacia Owen que, aunque estaba comportándose como si aquello le diera igual, a la vez estaba animándola. ¿Qué pretendía? ¿Había algo detrás de aquel ofrecimiento?

El corazón le dio un brinco. ¿Podría ser tal vez que aquella fuera su manera de intentar mantenerla en su vida? No, seguro que no, se dijo, reprendiéndose por su ingenuidad.

–Anda, vamos a bajar para hacernos una idea de qué posibilidades hay –Owen la agarró del brazo y casi la arrastró escaleras abajo.

Aquel espacio era inmenso, pensó Bella mirando a su alrededor cuando llegaron a la primera planta.

–Podríamos levantar unos tabiques –dijo él, como adivinándole el pensamiento–. Y mira, aquí… –añadió tirando de ella hasta un rincón– aquí podría ir una pequeña tienda en la que podrías vender cosas como disfraces de hadas para las niñas, y brillantina… Y podrías pintar un mural en la pared.

Los ojos le brillaban de entusiasmo. No era de extrañar que fuese un hombre de éxito. Sería capaz de hacer a cualquiera creer en las posibilidades de lo que se propusiera. Era tan apasionado, tan entusiasta, destilaba tanta energía…

Bella se vio atrapada por aquellas fantasías. Podría organizar fiestas con distintas temáticas: los piratas, la jungla… la lista era interminable. Owen le estaba contagiando su entusiasmo.

–Estás loco, Owen –murmuró sacudiendo la cabeza, pero no pudo contener una sonrisa.

Él le sonrió también y luego dio un paso hacia ella y le puso las manos en los hombros.

–Piénsalo –le dijo en un tono suave.

Le estaba ofreciendo un sueño, pero se trataba de algo material, de un negocio. Lo que ella quería de verdad no era tangible.

Se quedaron mirándose el uno al otro, como si un hechizo hubiese caído sobre ellos.

–Bella, voy a besarte –le susurró Owen–, así que si no quieres que lo haga, deberías decírmelo ahora mismo.

¿Cómo podría haberle dicho que no cuando lo deseaba más que ninguna otra cosa?

Sin embargo, cuando la besó, no fue el beso fiero y apasionado que ella había imaginado que sería, sino dulce y tierno. Owen se acercó un poco más y tomó su rostro entre ambas manos. Bella cerró los ojos y un cosquilleo la recorrió desde la cabeza a los pies. Y de pronto, sin saber cómo, estaban en el suelo. Owen la hizo rodar con él para colocarse debajo y protegerla del frío suelo de cemento.

–Esto no está bien –murmuró ella–. Aquí es donde se supone que jugarán los niños.

–Sí, pero ahora mismo no hay ningún niño –replicó él–. Solo dos adultos que se morían por hacer esto –añadió, y la silenció con un beso.

Capítulo Doce

A la mañana siguiente Bella estaba en la cafetería cuando le sonó el móvil. Lo sacó del bolsillo y miró la pantalla, pero no reconocía el número. Cuando respondió, una voz de mujer al otro lado de la línea le dijo que llamaba de la agencia de talentos Take One.

Dios, la audición… Solo había pasado una semana y se había olvidado por completo. Era la audición a la que había ido el día que había tenido aquella discusión con Owen.

—La llamamos para decirle que ha conseguido el papel de…

En ese momento Bella entró en estado de shock. ¡Le estaban ofreciendo un papel en un musical que iba a ir de gira por todo el país!

—Los ensayos empiezan la semana que viene en Christchurch…

Le iban a pagar por actuar… Iba a tener un trabajo de actriz… en un musical… Bella estaba cada vez más excitada. No podía creerlo. Estaba deseando decírselo a Owen.

Owen… Su mente dio un frenazo. Si aceptaba aquel papel tendría que abandonar a Owen, abandonar el proyecto del local para fiestas que todavía no era más que una semilla, un pedazo de un sueño. Por un instante tuvo la loca idea de rechazar el papel, pero mientras oía a la mujer explicarle los detalles, supo que no podía hacerlo. Aquella era su gran oportunidad, y si salía bien podía catapultarla a otras oportunidades aún mayores. Sídney, Londres, Nueva York… su imaginación se disparó.

Pero también estaba Owen, y no quería separarse de él. Estaba convencida de que con un poco más de tiempo quizá lograría demostrarle que estaba equivocado y que tenía mucho que ofrecer en una relación.

Claro que quizá fuera lo mejor que aceptara aquel papel. Al fin y al cabo aquello de ganarse a Owen no era más que una fantasía. En cualquier caso pronto sabría si se estaba equivocando o no; solo con ver su reacción. Entonces sabría con seguridad si lo que había entre ellos era únicamente sexo o algo más.

Cuando Bella llegó a casa de Owen él había salido, y se puso a dar vueltas de un lado a otro. No sabía cómo se lo iba a decir, cómo iba a actuar, pero cuando finalmente apareció la excitación y el orgullo por el logro conseguido hizo que las palabras abandonaran su garganta en una auténtica cascada:

–¡Me han dado el papel!, ¡me han dado el papel! –exclamó corriendo hacia él con los brazos abiertos y una sonrisa de oreja a oreja.

Owen se fundió con ella en un abrazo y la hizo girar, levantándola por la cintura y sonriendo también.

–¿Qué papel? –le preguntó cuando la hubo dejado en el suelo de nuevo.

–El del musical.

–¿Qué musical? –inquirió él riéndose.

Bella le dijo el título.

–No tengo el papel principal ni nada de eso –aclaró–. Es un papel pequeño, pero también seré suplente, lo que significa que a lo mejor en alguna función a primera hora de la tarde sí representaré el papel principal.

Owen aún estaba riéndose.

–Pero eso es fantástico… ¿Y en qué teatro? ¿Cuándo?

La sonrisa de ella se volvió algo rígida.

–En un espectáculo itinerante.

Owen la soltó.

–¿Itinerante?

Bella remetió un mechón de cabello tras su oreja y se lo explicó todo.

–Los ensayos son en Christchurch. El musical empezará a representarse allí, y luego iremos a otras ciudades. Y si tiene éxito, tal vez incluso vayamos a Australia.

–Vaya –murmuró Owen, que aún estaba sonriendo cuando dio un paso atrás–. Caramba.

Fue a la nevera y sacó una botella de champán y luego un par de copas de un mueble.

–Esto se merece una celebración, ¿no?

El corcho salió disparado y salió espuma de la botella que Owen secó con un paño. Bella lo observó mientras servía el champán y se quedó mirando la etiqueta. Dios, era un champán carísimo.

–Sí –murmuró aturdida.

¿Habría comprado aquella botella para celebrar algo? Owen le tendió una de las copas.

–¿Cuándo te marchas?

–A finales de esta semana.

–¿Y cuánto tiempo duran los ensayos?

–Casi seis semanas, creo. Luego empieza la gira, y no sé cuántas representaciones serán.

Owen tenía muchas preguntas, y no le daba tiempo a Bella a pensar en nada más que sus repuestas. Pasaron casi veinte minutos hasta que los dos se quedaron callados.

–Lo conseguiste –murmuró Owen con una sonrisa.

–Sí, lo conseguí –asintió ella, que aún no se lo podía creer. Sobre todo no podía creer que fuera a marcharse, precisamente cuando las cosas se estaban poniendo interesantes. Finalmente decidió abordar el asunto–. Siento mucho dejarte después de que te ofrecieras a dejarme usar el espacio del primer piso.

–Bah, no te preocupes por eso –le dijo él–. Era solo una idea. Tengo montones de ellas –añadió con una sonrisa.

A Bella le dolía el corazón. Parecía que no le importaba demasiado que se fuera, ni que renunciara a aquel proyecto.

–Tendrás que llamar y contárselo a tu familia.

Ella se quedó callada un momento.

–Todavía no.

Quería esperar a ver cómo marchaban las cosas, asegurarse antes de que aquel primer trabajo como actriz sería un éxito del que podía estar orgullosa. Además, tenía miedo de llamar a Vita. A su hermana se le daba demasiado bien husmear en los asuntos ajenos, y no quería que la sometiera a un análisis forense de lo que había pasado en Waiheke.

–Es estupendo, Bella –repitió Owen una vez más–. Me alegro por ti.

Sí, suponía que se alegraba. Para él era la manera perfecta de poner fin a aquello. Era ella la que había estado levantando castillos de naipes, y el ver que estaban a punto de desmoronarse le dolía.

***

Owen vio que el rostro de Bella se ensombrecía, pero hizo de tripas corazón para no ceder al impulso de pedirle que no se fuera, que se quedara con él. Sentía que se le estaba haciendo añicos el corazón –justo ahora que había descubierto que tenía un corazón–, pero no podía hacerle eso. No podía arruinar sus sueños.

Tenía que dejarla ir. Y tenía que conseguir que Bella se marchase sin remordimientos. Por eso intentó mostrarse lo más entusiasta posible, comentando lo emocionante y estupenda que era aquella oportunidad para ella. Por fin iba a hacer realidad sus sueños.

Y ni una sola vez mencionó que la idea de que fuese a marcharse, a alejarse de él, lo estaba matando por dentro. Ni una sola vez le dijo cuánto quería que se quedase, que lo escogiese a él. No le dio opción, porque sabía que Bella sentía algo por él y que habría sido capaz de renunciar a su sueño por él.

No, se merecía tener su oportunidad. Por un momento él había pensado que podrían tener un futuro juntos, pero el destino había decidido por ellos. El champán le supo amargo.

Lo había comprado para celebrar otra cosa, para celebrar que había decidido dejar de ser un cobarde y atreverse a correr el riesgo de abrazar sus emociones y no rehuir las responsabilidades que conllevaba una relación.

Sin embargo, parecía que ahora se enfrentaba a una prueba de valor aún mayor: dejar ir a Bella. Detestaba la ironía de todo aquello.

***

La noche antes del día de la partida de Bella llegó muy deprisa. Hasta ese momento se habían tomado el sexo como algo divertido, como un juego, pero esa noche sería la última vez que harían el amor. No había nada que decir; no había vuelta atrás; no había tiempo.

Por eso, por primera vez, acarició a Owen en silencio, entre besos y más besos para que no se le escapara lo que su corazón callaba: que se había enamorado de él, que quería estar con él, que quería quedarse.

Mientras los labios y las manos de Owen descendían por su cuerpo no podía dejar de pensar; no podía entregarse por completo a lo que estaban haciendo. No podía disfrutar de aquel momento como habría querido. No podía dejar de recordar que esa era la última vez que lo hacían, y eso lo estaba estropeando todo. Quería parar; no quería que hubiese una última vez.

Owen debió darse cuenta de que le ocurría algo, porque de pronto dejó de besar sus pechos y alzó la cabeza para mirarla. Al ver su expresión angustiada tomó su rostro entre ambas manos y la besó con ternura. La besó y la besó hasta que ya no pudo pensar más, hasta que ya no hubo lugar en su mente para las dudas ni el dolor.

Bella se dejó llevar, y Owen siguió besando y acariciando cada centímetro de su piel con una dulzura que la hizo derretirse por dentro. Sin embargo, él también estaba muy callado.

Cuando la penetró contuvo el aliento, y lo rodeó con los brazos y las piernas, atrayéndolo hacia sí. En su mente se formó una especie de mantra: «No te dejaré ir, no te dejaré ir…».

Sin embargo, más tarde, mientras se vestía, sola en el dormitorio de Owen, supo que no podía hacer otra cosa; tenía que marcharse.

Trató de hacer la despedida lo más rápida posible, pero eso no hizo que el dolor que sentía disminuyera en absoluto. No fue capaz de mirarlo a la cara. Owen quería llevarla al aeropuerto, no hacía más que insistir, y finalmente se obligó a alzar la vista hacia él, sin poder ya ocultar su angustia, y le suplicó:

—Por favor, Owen, déjame hacer esto sola.

—No tienes por qué hacerlo todo sola, Bella. No pasa nada por pedir ayuda cuando la necesitas.

Sí, no pasaba nada por pedir ayuda, pero no podía depender de él ni de su familia para todo, y aquello tenía que hacerlo sola.

El taxi llegó diez minutos después. Bella se volvió hacia Owen, sintiéndose como si tuviera serrín en los ojos y un papel de lija en la garganta. Owen le dio su maleta al taxista, que la metió en el maletero y se subió de nuevo al coche.

—Te llamaré —le dijo Owen a Bella.

—La verdad es que… —comenzó ella. Se aclaró la garganta—. Preferiría que no lo hicieras.

Owen se quedó mirándola, pero Bella no se retractó de sus palabras. No quería pasarse los próximos meses o años pendiente de una vana esperanza. Tenía que poner fin a aquello en ese momento.

—¿No quieres que me ponga en contacto contigo para nada?

Ella se obligó a mover la cabeza, lentamente, de lado a lado.

–Está bien –murmuró él–. Si es lo que quieres...

Bella asintió y bajó la vista. No quería dejarse engañar por la expresión de Owen; tenía que asfixiar ese hálito de esperanza rebelde que había en su interior.

Los dos permanecieron callados. Bella sabía que debía moverse; el taxista estaba esperando, el taxímetro corría. Sin embargo, lo único que se movieron fueron sus pestañas cuando alzó la vista, incapaz de resistirse a echarle una última mirada a Owen. Sus ojos estaban nublados por una mezcla de emociones. ¿Confusión? ¿Arrepentimiento?

Bella no podía aguantarlo más. Se volvió y abrió la puerta, pero Owen la agarró por el brazo y la hizo volverse para tomar sus labios con un beso brusco, exigente.

Pero, como siempre, Bella se sintió incapaz de negarle nada. Abrió la boca, dejándole que tomara de ella lo que quisiera. Las manos de Owen dejaron de apretarle los brazos, su lengua buscó la de ella y sus labios se tornaron menos agresivos.

Por fin Bella sacó, aunque no sabía de dónde, la fuerza suficiente para apartarse de él. No, Owen no podía tomar de ella lo que quisiera cuando él no estaba dispuesto a ofrecerle lo mismo. No era justo.

Se dio la vuelta, con la vista nublada por las lágrimas, y entró en el taxi.

–Lléveme al aeropuerto, por favor –le dijo al taxista, conteniendo un sollozo.

El hombre arrancó y Bella cerró los ojos con fuerza. No iba a mirar atrás.

Capítulo Trece

Owen se entregó por completo al trabajo tras la marcha de Bella, pero no podía dejar de pensar en ella ni un minuto del día. La echaba de menos, y se preguntaba qué estaría haciendo, dónde estaría, con quién estaría, si era feliz, y si lo echaría de menos ella también.

Nunca habría imaginado que tuviera la capacidad de anteponer las necesidades de otra persona a las suyas. Solo entonces estaba empezando a darse cuenta de hasta qué punto Liz había empañado su visión de las relaciones y del matrimonio.

Jamás había estado enamorado de ella. ¿Cómo podría haberse sentido preparado para ser padre cuando no había sentido nada por ella? Estaba seguro de que si Bella se hubiese quedado embarazada de verdad, se habría puesto como loco con la idea de ser padre porque estaba enamorado de ella.

El día que Liz y él cortaron ella le dijo que acabaría sus días sintiéndose solo, y él no la había creído. Hasta ese momento. De pronto se sentía tremendamente solo, y le dolía tanto el corazón que no sabía si podría recuperarse jamás de aquello. Probablemente, como mucho, llegaría a acostumbrarse.

Resultaba tan irónico que, cuando al fin había encontrado a alguien a quien amar, a quien quería ayudar, cuidar y proteger, ese alguien hubiese decidido que no quería nada de eso. Bella no quería su ayuda, ni su dinero. Lo que quería era ser independiente, y ganarse el respeto de su familia. ¿Por qué era incapaz de ver que podía hallar un equilibrio, un punto intermedio? Él era incapaz de quedarse a un lado y no echarle una mano cuando veía que sus esfuerzos no conducían a ninguna parte.

Al diablo con aquello de hacerse el héroe. El comportarse de forma noble no le reportaba ninguna felicidad. No debería haberla dejado marchar. O, al menos, debería haberse ido él con ella. Tal vez fuera un egoísta, sí, pero la quería a su lado; quería pasar el resto de su vida con ella.

Las semanas que duraron los ensayos se le pasaron volando a Bella. Ensayaban toda la mañana, y casi toda la tarde también. Luego se iba al piso que compartía con otros tres miembros del reparto, se dejaba caer exhausta en su cama e intentaba dormir un poco, intentaba no sentirse tan sola y desolada como se sentía.

Solo cuando cerraba los ojos y se imaginaba que estaba con Owen, en su cálido lecho, lograba que el sueño la arrastrara. Lo malo era que, mientras dormía, creía que estaba allí con él, de verdad, y cuando abría los ojos se encontraba sola de nuevo.

Owen no había hecho intento alguno de contactar con ella, tal como le había pedido, y decidió que lo mejor sería intentar apagar día tras días aquella estúpida chispa de esperanza que se empeñaba en resurgir una y otra vez.

La noche del estreno llegó antes de que pudiera darse cuenta. Los nervios amenazaban con apoderarse de ella, pero cuando estaba poniéndose el maquillaje llegó el guardia de seguridad con un precioso ramo de flores para ella. En la nota no ponía nada más que su nombre. El pulso se le aceleró. ¿Serían de él? Durante toda la representación estuvo muy excitada, preguntándose si estaría allí, entre el público.

Luego, después de compartir las risas y la emoción de sus compañeros tras los aplausos, volvió a su camerino para cambiarse y ponerse un traje de noche, porque iban a celebrar una fiesta para promocionar el musical ante los medios.

De pronto llamaron a la puerta y, con el corazón martilleándole en el pecho, fue a abrir. Se quedó boquiabierta al ver allí a su padre y a su hermana.

—¡Papá!, ¡Vita! —exclamó—. ¡Sois vosotros!

—No nos lo habríamos perdido por nada del mundo —dijo Vita dándole un abrazo.

—Pensaba que no lo sabíais —murmuró Bella mirándolos a ambos aturdida.

—Bueno, desde luego si es por ti no nos habríamos enterado —le espetó Vita, con una mirada de reproche.

Bella no había creído que tuvieran ningún interés en ir a verla actuar, pero jamás reconocería eso delante de ellos.

—¿Te han dado las flores? —le preguntó su padre, casi con timidez.

—¿Son vuestras? —inquirió Bella con voz temblorosa.

Su padre asintió.

—Las escogió Vita.

Su hermana sonrió, y Bella le devolvió la sonrisa. No debería sentirse desilusionada solo porque no fueran de Owen. Era maravilloso que su padre y su hermana hubieran tenido aquel detalle con ella, y aún más que hubieran ido a verla. Se obligó a esbozar una sonrisa. Parecía que sería en ese momento, cuando ya había acabado la función, cuando iba a necesitar más sus dotes interpretativas.

–Cuando vengáis a Auckland iremos a verte otra vez –le dijo su padre.

Vita asintió con entusiasmo.

–A una función de la tarde, cuando interpretes el papel protagonista. Y nuestros hermanos vendrán también. Hemos reservado una fila entera.

A Bella le temblaban ligeramente los labios, y tuvo que inclinar la cabeza y parpadear varias veces para contener las lágrimas que habían acudido de repente a sus ojos.

–Pero… ¿cómo os habéis enterado?

–Alguien nos dio todos los detalles –dijo su padre.

–¿Eh?

–Owen nos envió un correo electrónico a todos –explicó Vita.

–¿Qué? –murmuró ella, aturdida, pero su padre estaba tan entusiasmado que la ignoró.

–Has estado maravillosa, cariño. Estoy tan orgulloso de ti… –le dijo con una sonrisa de oreja a oreja–. A tu madre le habría encantado.

Bella ya no pudo contener las lágrimas por más tiempo, y su padre, aunque con algo de torpeza, la rodeó con el brazo, ofreciéndole el apoyo que no le había dado en todos aquellos años.

Vita y su padre se quedaron a la fiesta, y mientras él iba a la barra a por unas bebidas, las dos hermanas fueron a sentarse.

–¿Sabes? Siempre había estado un poco celosa de ti –le confió Vita con una sonrisa–; pero ahora mismo lo estoy muchísimo.

Bella se quedó mirándola atónita.

–¿Tú también querías subirte a un escenario?

Vita se echó a reír.

–¡No! –sacudió la cabeza–. No, es porque siempre me ha parecido que tenías tanta confianza en ti misma. Nunca te ha importado lo que el resto de nosotros pensáramos, o lo que papá opinara que debías hacer.

–Anda ya –replicó Bella–. Esa no soy yo.

–Pero si siempre has tenido claro lo que querías… –insistió Vita–. Yo nunca lo he sabido. Estudié la carrera que estudié y trabajo en lo que trabajo simplemente por seguir los pasos de nuestro padre y nuestros hermanos. Pero hacer hojas de cálculo y cosas así no es precisamente emocionante –le confesó riéndose–. Tú en cambio tienes un trabajo que te encanta. Te envidio por eso. ¿Pero sabes qué? –se inclinó hacia ella–. Tengo un secreto: voy a dejar mi trabajo y voy a abrir mi propia cafetería.

–¿Que vas a qué? –exclamó Bella patidifusa–. ¿Y qué dice Hamish?

A Vita le brillaban los ojos.

–Me ha dicho que cuento con todo su apoyo. De hecho, si voy a hacer esto es gracias a él. Voy a hacer un curso de catering, y Hamish me está buscando un local.

–Vaya, eso es estupendo. Me alegro mucho por ti.

–Nunca me habría decidido si no hubiese sido por tu ejemplo.

Bella casi se rio al oír eso. Si su hermana supiera…

–Gracias por venir a verme –le dijo a Vita–. Y por traer a papá. No sabes lo importante que es esto para mí.

–En realidad fue Owen quien lo organizó todo. Por cierto, ¿cómo te va con él? ¿Hay algo entre vosotros o…?

–No, solo somos amigos –contestó brevemente Bella, que no quería hablar de eso.

Vita prorrumpió en risitas.

–Ya. Seguro. Si la noche antes de mi boda, cuando estabais bailando juntos casi salía humo.

Bella se puso roja.

–Es muy guapo –dijo Vita–. Y además es un buen partido –añadió guiñándole un ojo.

–¿Por qué dices eso? ¿Qué sabes de él? –inquirió Bella, sin poder reprimir su curiosidad.

Vita sacudió la cabeza.

–Bella… todo el mundo sabe quién es Owen Hughes. Ganó millones vendiendo su negocio a una multinacional –miró a Bella con los ojos entornados–. Por cierto que aún no me has contado cómo os conocisteis.

Bella agitó la mano.

–Es una historia muy larga, pero de todos modos da igual porque no hay nada entre nosotros. Esto ha sido un bonito gesto por su parte, nada más.

–Eso resulta difícil de creer –murmuró Vita–. Si de verdad no hubiera nada entre vosotros no se habría molestado en ponerse en contacto con todos nosotros, máxime cuando podíamos hacernos una idea equivocada.

–Pues hace semanas que no hablamos. Te lo aseguro, no hay nada entre nosotros.

Sin duda aquel era solo un último gesto caballeroso por su parte, y ella estaba demasiado ocupada intentando olvidarlo, intentando no pensar en qué habría pasado si no hubiese conseguido el papel, si no se hubiera marchado.

Por suerte en ese momento apareció su padre con una bandeja cargada con bebidas y aperitivos y la conversación volvió al musical y a la gira.

Al día siguiente Bella llegó al teatro temprano, como de costumbre, y al entrar se encontró con el guardia de seguridad, que le dijo que tenía algo para ella.

–Anoche también llegó esto para ti –le explicó tendiéndole un paquete–. Perdona que se me olvidara dártelo.

–No pasa nada –replicó Bella.

El corazón empezó a latirle como un loco en cuanto reconoció la letra con que estaba escrita la dirección del paquete. Fue a su camerino, y rasgó el papel para ver qué había dentro.

Un tigre de peluche cayó rebotando sobre la mesa. Bella lo tomó. Tenía una pequeña tarjeta colgada del cuello con un lazo. La leyó: Rómpete una pierna.

Era lo que solía decirse en el mundo del teatro para desearle suerte a los actores antes de la representación, pero ella ya tenía el corazón roto, y no quería romperse nada más. Miró en el envoltorio por si hubiera algo más, pero no encontró nada. La nota ni siquiera estaba firmada.

¡Maldito Owen! Lanzó el peluche al otro extremo de la habitación. Le había pedido que no la llamara, esperando en lo más hondo de su corazón que desoyera su ruego y lo hiciera… ¿y le mandaba un estúpido peluche? Quería algo más, mucho más. Aquello era peor que nada.

Frunció el ceño y miró el peluche caído en el suelo. ¿A qué venía aquello? Tenía miedo de que no significara absolutamente nada, y no quería ser tan tonta como para creer que pudiera significar algo e ilusionarse en vano.

El animal de peluche parecía estar mirándola con reproche.

–Oh, está bien –masculló yendo a recogerlo del suelo–. Deja de hacerme sentir culpable –gruñó acariciando su suave pelo–. Y no te hagas ilusiones; no vas a dormir en mi cama.

A partir de ese momento los días se sucedieron uno tras otro en un confuso torbellino. Después de la emoción del estreno y de las primeras críticas, Bella empezó a sentir que su nueva vida no le gustaba tanto como había esperado.

Se sentía sola. Cada representación duraba casi dos horas, y los aplausos del público diez minutos como mucho. No tenían contacto alguno con ellos, ningún tipo de interacción. El resto del reparto era gente estupenda, muy divertida, casi como una familia, pero Bella tenía la sensación de que no acababa de encajar. ¿Por qué sería que las cosas no resultaban ser nunca como uno las había imaginado?

Cada mañana, al despertarse, se acurrucaba entre las sábanas, apretando a Tigre entre sus brazos, y soñaba.

Capítulo Catorce

Era la primera función de la tarde, y también la primera vez que Bella iba a interpretar el papel protagonista. Tragó saliva en un intento por aplacar sus nervios, pero era como si tuviese un nudo en la garganta. Mientras esperaba su turno para salir entre bambalinas, recordó la discusión que había tenido con Owen, y como él le había dicho que tenía que creer en sí misma. «Cree en ti, cree en ti, cree en ti». La música comenzó, cerró los ojos, inspiró, y salió al escenario.

Dos horas después todo parecía haber pasado muy deprisa. Sus compañeros de reparto, y hasta el director, la felicitaron efusivamente antes de que se dirigiera, con una sensación agridulce, de regreso a su camerino para cambiarse.

Sin embargo, cuando estaba a mitad del pasillo se paró en seco. Owen estaba apoyado en la pared, frente a la puerta de su camerino. Se quedó mirándolo, sin poder creerse que estuviera allí, y tuvo que extender el brazo para apoyarse en la pared porque de pronto le flaqueaban las piernas.

–¿Qué estás haciendo aquí? –inquirió aturdida.

Owen se apartó de la pared y se volvió hacia ella.

–Has estado maravillosa –le dijo muy serio, sin atreverse del todo a mirarla a los ojos.

–¿Por qué has venido? –insistió ella. Necesitaba saberlo.

–Es la verdad, has estado increíble –repitió Owen, en un tono tan suave que Bella no estaba segura de si estaba dirigiéndose a ella o lo había dicho para sí.

–¿Me estás escuchando?

–Tienes un don.

Bella no aguantaba más aquella conversación absurda.

–Voy a cambiarme.

Entró en el camerino y cerró tras de sí. Se cambió de ropa y cuando acabó de quitarse el maquillaje se quedó mirándose en el espejo. ¿Habría sido solo su imaginación? ¿Se estaría volviendo loca?

Inspiró profundamente para intentar calmarse, y abrió la puerta. Owen seguía allí, apoyado en la pared. Cuando la vio salir, se irguió.

–¿Podemos ir a algún sitio para hablar? –le preguntó.

Bella escrutó su rostro en silencio y suspiró.

–En mi apartamento –murmuró–. Está solo a unas manzanas de aquí.

Apenas se tardaba unos minutos a pie, pero a Bella el corto trayecto se le hizo eterno. Cuando llegaron al fin, entraron en el apartamento en silencio, y entonces, para su sorpresa, Owen la atrajo hacia sí y la abrazó con fuerza.

Ella no dijo nada. Hundió el rostro en su pecho, y durante un buen rato permanecieron así, abrazados el uno al otro. Finalmente fue ella quien habló.

–Mi hermana y mi padre vinieron a ver el espectáculo.

–Lo sé.

–La primera noche.

–Lo sé.

Los ojos de Bella se llenaron de lágrimas al recordar que había sido gracias a él.

—Y van a ir a verme en una de las representaciones en las que haga el papel principal cuando vayamos a Auckland —añadió—. Significa mucho para mí.

—Lo sé.

Bella inspiró temblorosa.

—Gracias —murmuró, hundiendo de nuevo el rostro en su pecho.

Owen le acarició el cabello y la besó en la frente.

—Tu padre solo quiere que seas feliz, Bella.

Bella asintió, pero luego dijo:

—Lo malo es que lo que yo creía que me haría feliz, no me hace feliz.

Owen le alzó la barbilla y escrutó su rostro, bañado por las lágrimas, con el ceño fruncido.

—¿No eres feliz?

Ella sacudió la cabeza.

—Estoy hecha un lío, Owen… —otra lágrima rodó por su mejilla—. Yo creía que esto era lo que quería, pero no lo es.

Él la miró a los ojos.

—¿Qué es lo que quieres?

«A ti». Bella estaba segura de que lo sabía, pero se negó a decirlo, porque sonaría patético. Además, él no era lo único que quería. Seguía queriéndolo todo: un matrimonio, hijos…

—No voy a hacer la gira por Australia —le confesó—. Haré las representaciones que tenemos pendientes aquí, pero ahí acabará todo. Esto no es lo que quiero.

Owen frunció el ceño de nuevo.

—Pero, Bella…

—Echo de menos a los niños —lo interrumpió ella—.

Echo de menos ese contacto directo que tenía con ellos. En el teatro apenas puedo ver al público con los focos iluminándome, y me siento muy sola. Nos aplauden, pero luego se marchan, y no hay ninguna interacción –alzó la barbilla, decidida a demostrarle que estaba orgullosa de la decisión que había tomado–. Ya sé que la de animador infantil no es la profesión con más prestigio del mundo, pero me gusta, y se me da bien. Abriré un local, como tú me sugeriste y tendré mi propio negocio organizando fiestas para niños.

Una sonrisa cálida asomó a los labios de él.

–Bella, eso es maravilloso.

Ella sintió que una ola de dicha la invadía al advertir el apoyo sincero en su mirada. Owen creía en ella, y de pronto sintió que eso para ella era suficiente, aunque no pudiera darle nada más.

–¿Sabes qué? Me iré de gira contigo –dijo él de repente.

–¿Qué?

–Que te voy a acompañar en la gira –le repitió él–. No pienso pasar ni una sola noche más lejos de ti. Nunca.

Inclinó la cabeza y la besó, casi con desesperación.

–Puedo llevarme el portátil para trabajar –añadió Owen–. De vez en cuando tendré que tomar un avión para ir a una reunión, pero volveré para pasar la noche contigo; todas las noches.

Una sonrisa iluminó el rostro de Bella, y la dicha inundó su corazón.

–Y una cosa más –continuó él, después de otro beso apasionado–: la próxima boda a la que vayas, será la tuya.

Bella lo miró boquiabierta.

—Pensaba que no creías en el matrimonio.

—Quiero casarme contigo –murmuró él–. Yo creía que nunca podría amar a nadie, pero estaba equivocado. Quiero dártelo todo, Bella, y compartirlo todo contigo; quiero que tengamos hijos.

Bella sintió que los ojos volvían a llenársele de lágrimas.

—Yo también –murmuró–. Aunque… no de inmediato. Me gustaría esperar un poco.

Quería que su relación se afianzase antes de formar una familia, y también abrir su negocio.

—Cuando tú quieras. Cuando te sientas preparada, yo lo estaré también –respondió él.

Bella no podía creerse tanta dicha. Owen iba a estar a su lado; para todo.

Le rodeó el cuello con los brazos para besarlo y lo condujo al pequeño dormitorio.

—¿Querrías hacer algo por mí? –le preguntó Owen.

—Lo que tú me pidas –murmuró ella antes de besarlo de nuevo.

—Cuando volvamos a casa… ¿querrás ponerte una noche ese vestido de dama de honor?

Bella se echó a reír.

—¡Pero si es horroroso!

—¿Qué dices?, a mí me encanta.

—Te falla la vista de estar todo el día con el ordenador –lo picó ella mientras le desabrochaba la camisa.

—No tienes ni idea de todas las fantasías que he tenido con ese vestido.

Bella lo empujó y cayeron sobre la cama, pero Owen se incorporó y sacó algo de debajo de él: el peluche del tigre.

Esbozó una sonrisa y miró a Bella.

–Ah, así que lo recibiste…

–Normalmente me lo llevo al teatro conmigo para que me dé suerte, pero mis compañeros no hacían más que quitármelo y hacer el tonto con él y temía que se perdiera.

–Bueno, pues lo siento por ti, Tigre –dijo Owen, haciendo como que hablaba con el peluche–, pero en esta cama no hay sitio para los dos.

Dobló el brazo para lanzarlo al otro extremo de la habitación, pero Bella se lo quitó.

–Ni se te ocurra. Me ha hecho mucha compañía todos estos días.

–¿Has dormido abrazada a él?

Bella esbozó una media sonrisa.

–Tal vez.

Owen sonrió también y le quitó el peluche.

–Bueno, entonces ha cumplido su función. Quería que fuera lo único que tuvieras entre los brazos por las noches –miró al muñeco–. Pero ya no hace falta que cuides de Bella porque ya he vuelto, así que puedes dormir en otro lugar.

Se levantó, lo llevó a un silloncito que había en un rincón antes de volverse hacia Bella.

–¿Contenta?

–No; no lo estaré hasta que no vuelvas aquí.

Owen regresó con ella, y mientras se besaban, Bella pensó una vez más que no podía creerse que todo aquello estuviese ocurriendo de verdad.

–¿Cómo he podido tener tanta suerte? –se preguntó en voz alta, mirando a Owen a los ojos.

–No es suerte, Bella. Es lo que te mereces; te lo mereces todo y más; te mereces ser feliz.

Diamantes y mentiras
Tracy Wolff

Marc Durand, magnate de la industria del diamante, sabía que no debía confiar en su exprometida, Isabella Moreno. Años antes, cuando su padre había robado gemas a los Durand, ella había mentido por él.

Marc no la había perdonado, pero tampoco había podido olvidarla. Como estaba en deuda con él, cuando su empresa tuvo problemas graves, exigió su ayuda. Hasta que descubriera la verdad quería tener a su enemiga cerca, y en su cama.

Cuando dos examantes trabajan juntos,
¡saltan las chispas!

¡YA EN TU PUNTO DE VENTA!

¡Escándalo! ¡Un hijo secreto!

Entérate de todos los detalles sobre el hijo secreto que el multimillonario Rigo Marchesi ha tenido con la actriz británica Nicole Duvalle. El escándalo que amenaza al Grupo Marchesi podría destruir el último acuerdo comercial de Rigo, a menos que sean ciertos los rumores de que esta historia podría tener un final de cuento de hadas…

Esta revista tiene la exclusiva de su boda ultrasecreta. Todo lujo de detalles, desde el traje de novia de Nicole hasta el apasionado encuentro que tienen a la puerta de la suite nupcial. La química podría ser real, pero la pregunta que todo el mundo se está haciendo es: ¿se trata de un matrimonio de conveniencia o por amor?

LA MEJOR ELECCIÓN

AMANDA CINELLI

Sexo, mentiras y engaño

Barbara Dunlop

Después de que su ex hubiera escrito un libro que lo revelaba todo sobre él, Shane Colborn se vio inmerso en una pesadilla mediática. Lo último que necesitaba era tener una aventura con otra mujer, sobre todo si esta trabajaba para él. Pero le resultaba imposible resistirse a Darci Rivers.

La pasión entre ambos era intensa, pero también era grande el secreto que guardaba Darci. Estaba dispuesta a todo para descubrir un hecho que devolviera el buen nombre a su padre: un hecho que arruinaría la empresa de Shane y su relación con él, que era de las que solo sucedían una vez en la vida.

¿Haría lo que debía poniendo en peligro la relación con su jefe?

¡YA EN TU PUNTO DE VENTA!